读者丛书
DUZHE CONGSHU

在云上写诗

读者丛书编辑组 / 编

读者出版传媒股份有限公司

甘肃人民出版社

图书在版编目（ＣＩＰ）数据

在云上写诗 / 读者丛书编辑组编. -- 兰州：甘肃
人民出版社，2022.10（2023.7重印）
ISBN 978-7-226-05824-4

Ⅰ．①在…　Ⅱ．①读…　Ⅲ．①散文集－中国－当代
Ⅳ．①I267

中国版本图书馆CIP数据核字（2022）第 091654 号

总　策　划：刘永升　马永强　李树军
项目统筹：宁　恢　高茂林
策划编辑：高茂林
责任编辑：马元晖
封面设计：裴媛媛

在云上写诗

读者丛书编辑组　编

甘肃人民出版社出版发行

（730030　兰州市曹家巷1号新闻出版大厦14楼）

北京洲际印刷有限责任公司印刷

开本 710 毫米×1000 毫米　1／16　印张15.5　插页2　字数194千
2022年10月第1版　2023年7月第2次印刷
印数：5001~25000

ISBN 978-7-226-05824-4　　定价：39.00 元

目 录
CONTENTS

001 深空牧星人 / 柴雅欣

008 《九零后》：寻找西南联大的年轻人 / 李晓明

015 白云娘 / 邓安庆

019 暴雨中的英雄 / 雷册渊

023 北斗背后的"90后" / 邱晨辉

028 我始终相信努力奋斗的意义 / 卢思浩

033 不读大学，人生会怎样 / 崔东元　张杏琳

040 一个中年人阅读李白 / 闫　珊

044 城市里的手艺人 / 祝小兔

048 春暖心安 / 林　紫

050 放任飘洒，终成无畏 / 刘　同

055 给人生一个间隔年 / 戚泽明

060 用故事讲科学的"北斗女神"
　　 / 祖一飞　吴　婕

067 归来仍是少年 / 晨　夕

072 江湖棋客 / 莫小米

074 离开"四大"开面馆 / 郭江陵

1

078 两代故宫人 / 李　扬

086 我们为什么需要北斗 / 月落乌堤

095 迈出这一步 / 张佳玮

100 木匠 / 于　坚

103 我在故宫修房子 / 蒋肖斌

107 一辈子只愿做两件事 / 安　琪

112 泥斑马 / 肖复兴

116 你可以成为另外一种人 / 六神磊磊

122 我们为什么要登珠峰 / 彭叮咛

126 你真的听见音乐了吗 / 杨　照

130 贫寒是凛冽的酒 / 王　磊

135 88岁的"上班族" / 祖一飞

142 平庸乏味才是人生最大不幸 / 闫　红

146 人因梦想而伟大 / 雷　军

150 三个老头儿 / 黄昱宁

156 身边的优雅 / 崔修建

160 深潜人生 / 张永胜　田清宏

166 时间的猛兽 / 黄昱宁

170 世界上最勇敢的事 / 单子轩

174 他遇到了那些歌 / 韩松落

180 听从你心，无问西东 / 高小宝

184 我的1999 / 吴晓波

188 向上的风 / 郑彦英

191 修路爷爷 / 三秋树

197 许先生 / 路　明

200 一辈子只做好一件事 / 祝小兔

202 有意思无意义的人生 / 倪一宁

207 缘溪行，忘路之远近 / 李马文

212 只有廖厂长例外 / 吴晓波

216 我的"节日" / 童庆炳

221 追梦人 / 依江宁

225 自由"潜"行 / 小 包

230 18岁的沉重 / 七董年

234 75岁理工男的创业路 / 郭 佳

240 致谢

深空牧星人

柴雅欣

作为我国卫星事业和深空探测事业的开拓者，孙家栋被称为中国航天的"大总师"：他是中国第一枚导弹总体、第一颗人造地球卫星、第一颗科学实验卫星、第一颗返回式遥感卫星的技术负责人、总设计师，也是中国第一颗通信卫星、静止轨道气象卫星、资源探测卫星、"北斗一号"工程、中国探月一期工程的总设计师。从"东方红一号"到"嫦娥一号"，从"风云气象"到"北斗导航"，背后都有孙家栋的身影。

"国家需要你干什么事情，就去干"

2月10日晚，腊月二十九，在北京航天飞行控制中心，"首次火星探测任务'天问一号'环绕火星成功"的消息从这里传出。几乎第一时间，航天科技集团五院"天问一号"火星探测器系统总指挥、总设计师顾问叶培建院士收到一条短信：祝贺近火制动成功！

短信发送人，是孙家栋。

"无论是'嫦娥五号'完成取样、成功返回，还是'天问一号'近火制动，每次任务完成以后，孙老总都一定会给我发个信息。"叶培建告诉记者，之前有重要任务，孙老总都会亲自到发射场，"这些年，他年纪大了，走不了太远的路，就给我发信息，我替他转达祝贺。"

耄耋之年，航天仍是孙家栋最关心的事。就像3年前他在"风云二号"系列最后一颗卫星——"风云二号"H星发射现场说的那样，"搞了一辈子航天，它像我的'爱好'一样，这辈子都不会离开了"。

1951年，孙家栋应召入伍，获得去苏联茹科夫斯基空军工程学院学习飞机制造的机会。1957年，毛泽东访问苏联，在莫斯科大学接见了中国留学生，当时孙家栋在现场聆听了讲话。

"主席说：'世界是你们的，也是我们的，但是归根结底是你们的。你们青年人朝气蓬勃，正在兴旺时期，好像早晨八九点钟的太阳。希望寄托在你们身上。'"那一刻，28岁的孙家栋热血沸腾，他下定决心："国家需要你干什么事情，就去干。"

这样想，也这样做。1967年，钱学森亲自点将，让38岁的孙家栋担任"东方红一号"的技术总负责人，由此开启了孙家栋为之奉献一生的航天事业。

1970年4月24日，"东方红一号"发射成功，我国成为世界上第五个能够发射人造卫星的国家。那一年，孙家栋41岁。

"消息公布以后，我们坐车往天安门广场跑，但根本进不去，人山人海，都在庆祝。"孙家栋回忆道，"东方红一号"发射成功，最大的感受是"扬眉吐气"。

扬眉吐气的背后，是难以想象的艰辛。那时，中国航天没有资料、没有经验、没有专家，几乎一张白纸。要在"一穷二白"中白手起家，困难程度可想而知。

"现在看简单，但那个年代第一次搞，就连一个满足质量的简单的21芯插头都找不到。工业水平、科技水平都有差距。"孙家栋这样形容。自力更生、艰苦奋斗，我国科技工作者创造了里程碑式的奇迹和壮举。

"他是一位战略科学家，站得高，看得远，能提前谋划"

"东方红一号"发射后，中国航天事业继续向更高的目标挺进。

在航天专家黄江川心中，自己从毕业刚入行，到成为"嫦娥一号"卫星副总设计师、"嫦娥二号"卫星总设计师，孙家栋始终是他的偶像，是领导，更是老师。

1986年，黄江川硕士毕业，一进入中国空间技术研究院（五院），就参与了我国第一代传输型地球资源卫星"中巴地球资源卫星"的研制论证工作，当时的工程总设计师正是孙家栋。2004年，我国探月工程正式启动，已是75岁高龄的孙家栋再次披挂上阵，出任工程总设计师。

很多人不理解，孙家栋早已功成名就，为什么还要接受这项充满风险的工作？孙家栋回答："国家需要，我就去做。"

"做总师很考验带队伍的能力。孙老总能在多种意见、背景复杂的情况下凝聚共识，也能在争议和困难重重中顶住压力，作出长远的决策。"黄江川告诉记者。

2007年，"嫦娥一号"迈向深空，中华民族终于圆了千年奔月的梦想。

当卫星绕月成功的信号传回指挥中心，人们欢呼、拥抱、握手庆祝，孙家栋却走到一个僻静的角落，悄悄背过身，用手绢擦去眼角的泪水。

"孙老总是我们的老领导、老专家，也是探月工程一期的工程总师，我是在他领导下工作的。"在叶培建眼里，孙老总是一位战略科学家，站得高，看得远，能提前谋划。

"嫦娥二号"与"嫦娥一号"同时研制，原本作为其备份。"嫦娥一号"卫星发射前，孙家栋在发射场跟叶培建说："老叶，'嫦娥一号'做得很好，能成功，但成功以后，'嫦娥二号'怎么用？"

"他当时就提出，能不能去火星？我们一分析，'嫦娥二号'还真能去火星，但是火星距离太远，当时测控能力达不到，最后就改成了探月二期工程的先导星。"叶培建说，孙老总的提议，让中国航天的目光望向更遥远的宇宙深处，直接引发之后火星探测的立项推进。

当时也有人认为，"嫦娥一号"任务已经成功，没必要再花钱发射备份星。然而事实证明，"嫦娥二号"不仅在探月成果上更进一步，还为后续落月任务奠定了基础，并且成功开展了多项拓展试验。

"这就是长远的战略眼光，不只是为了一次任务圆满成功，也是为后面的探月工程，甚至是行星探测，迈出了勇敢的一步。孙老总能协调好稳妥和创新的关系，这点令我很钦佩。"黄江川说。

此前，得知孙家栋被授予"共和国勋章"，叶培建给他写了一条信息：您永远是我们航天人的大旗。

"孙老总的贡献，除了众多工程贡献，灵魂是战略方面的领导作用。他几乎经历了航天事业的全部，从'东方红一号'到现在，是我们航天事业的活字典和榜样。"叶培建说。

"独立自主、自力更生"是中国航天事业的原始基因

人类探月活动已达上百次，美国也发射过火星探测器，中国为什么还要做？已经有了美国的 GPS，中国为什么一定要搞北斗？

面对类似的疑问，孙家栋的回应如出一辙：这不仅仅是个"经济问题"。自主创新，深深刻印在他的脑海里。

"好比人类逐步要进入深空，人家去过了，回来讲得头头是道，你是坐那儿光听，还是你要有发言权、有看法？人家说那地方不错，你想不想去看一看？人家说那地方有好东西，将来可用，你想不想拿来也用一用？"孙家栋用浅显直白的话语道出了关键。

"独立自主、自力更生"是中国航天事业的原始基因，大大小小的航天器从动议之初都继承了这一点。"几十年的实践证明，最先进的武器是买不来的，军工核心技术、航天尖端产品也是买不来的。我们必须依靠自己的力量发展航天技术。"孙家栋说。

在党中央的正确领导下，在航天人的努力和全社会的支持下，从载人航天，到探月工程，再到火星探测……我国深空探测之路正越走越远。

2020年7月23日，我国首次火星探测任务"天问一号"探测器升空，开启奔火之旅。

"天问一号"的每一步动向，孙家栋都十分关注。他清楚地知道，"天问一号"的目标——通过一次发射，实现"绕、着、巡"，即火星环绕、着陆和巡视探测三大目标，在世界航天史上尚属首次，难度极高。

在火星探测史上，全部四十余次探测任务的成功率不到一半。因为着陆时存在"恐怖7分钟"，火星甚至被戏称为"探测器的墓地"。

但是，从艰难困苦中奋起的中国航天人，绝不会因畏惧挑战而止步

不前。

当前，"天问一号"已正式踏入环绕火星轨道。后续还将经过多次轨道调整，进入火星停泊轨道，开展预选着陆区探测，计划于2021年5月至6月择机实施火星着陆，开展巡视探测。

着陆，是"天问一号"要闯过的又一个险关。下降时，着陆器进入火星大气层的速度高达每小时18000公里，超高速摩擦会产生超高温度，在经历上千度高温的考验后，将在降落伞的帮助下减速。随后，它将开启全自动驾驶模式，自主完成减速、悬停，避开复杂地形后，缓缓落至火星表面。整个过程只能依靠探测器上的GNC（导航、制导、控制）系统自主执行，惊心动魄，难度极大。

"我们这次火星探测任务最核心、最难的地方，就是探测器进入火星大气层后气动外形和降落伞减速的过程，只有一次机会。"中国航天科技集团五院火星探测器总设计师孙泽洲表示，研制团队做了充分的准备，专门设计了全新气动外形、新型降落伞等。

当地时间2月18日，美国国家航空航天局宣布，"毅力"号火星车在火星成功着陆，并已经传回了第一批火星照片。为什么"毅力"号火星车比"天问一号"晚发射，却先到达火星？

"中国是第一次向火星进发，需要完成的任务有很多。"中国航天科技集团五院火星探测器总体主任设计师王闯表示，"目前我们对火星的了解还很有限，从环火到落火，中间这段时间，探测器会对着陆区做一个预探测，让我们着陆的时候更安全、更可控。"

从"一张白纸"的"东方红一号"，到满载黑科技的"天问一号"；从"别人有的我们要有"，到"别人有的我们要做得比他们好，他们没有的我们也要有"；从孙家栋、王希季、戚发轫等老一辈航天人，到风华正茂的新一代航天人……中国航天正依靠自己的力量，走出一条独具特色的创新发展之路。其中的"秘密武器"，就是自力更生、艰苦奋斗的志气，是勇于探索、协同攻坚的精神。

以国为家矢志牧群星，硕果积栋助梦谱风云。随着中国航天的舞台越来越宽广，中国人探索宇宙的步伐，正越迈越稳。像孙家栋一样为中国航天发展作出贡献的英雄，共和国不会忘记，人民不会忘记。

（摘自《读者·庆祝中国共产党成立100周年特刊》）

《九零后》：寻找西南联大的年轻人

李晓明

2021年5月首映的纪录电影《九零后》，由16位平均年龄超过96岁的传奇老人联袂"出演"：许渊冲、杨振宁、杨苡、王希季、郑哲敏、潘际銮、巫宁坤、马识途……这样的"演员"阵容，可谓空前绝后。他们共同的身份是——西南联合大学学生。

"亡国灭种"之危

1935年，北平学生一二·九抗日救亡运动爆发。当时年轻人的心头都像有一团火在燃烧。

16岁的杨苡开始给巴金写信。她回忆道："巴金的《家》跟我们家很像。我想走，像《家》里面的觉慧那样出走，他老是叫我忍耐，所以我就很生气。你们可以出走，怎么我就得忍耐。"

"我崇拜的人，除了我哥哥（杨宪益），当然就是大李先生，巴金的哥哥，他是我的暗恋。"100岁的杨苡性情率真，非常自然地说出这句话，一股新时代自由女性的清风扑面而来，却又带着岁月沉淀的醇厚与哀伤。

她深深怀念的大李先生，病逝于1945年。多年后她写道："好像曾有个人走进我的心里，点亮一盏灯，但没多久，又把它吹熄，掉头走开了！"

杨苡中学毕业后，被保送南开大学。但在照完毕业照的第二天，卢沟桥事变爆发。没多久，侵华日军炸毁南开大学。接着，北平、天津相继陷落。

北大、清华、南开的诸多师生，仓皇之间夺路出城，暂避于长沙临时大学。冯友兰在国立西南联大纪念碑碑文中将之与历史上多次发生的外族入侵、"衣冠南渡"相提并论："晋人南渡，其例一也；宋人南渡，其例二也；明人南渡，其例三也……吾人为第四次之南渡。"

彼时的悲痛与怅惘，是联大学子的共同记忆。

那一年，杨振宁15岁。他后来在纪念邓稼先的文章中写道："那是中华民族任人宰割的时代，是有亡国灭种的危险的时代。"

1937年11月，淞沪会战打响3个月后，日本人攻陷上海，沿着京沪线往南京打。那一年，巫宁坤17岁。他就读的扬州中学奉命解散，校长上台宣布："教师、学生各自回家。"

"大家都哭啊！"巫宁坤回忆起当年的情境，抑制不住悲从中来，语不成声，只能用枯槁的双手，颤巍巍地试着和上节拍。"我们有个女同学，唱高音的女同学上台去，唱当时最流行的歌曲，'我的家，在东北松花江上……'"

此时，距离惨绝人寰的南京大屠杀，还有一个月。

战火蔓延至江西九江。潘际銮那一年10岁，看到满街都是难民跟伤兵。他被迫离开家乡，所乘火车又遭遇日军飞机扫射，火车司机停下来，让人们赶快下车，疏散到附近的农田里，趴在地上。

他回忆道："抗日战争对我的影响太深刻了，每天都生活在死亡线上。"

壮志不屈

1937年12月13日，南京沦陷。不久，日军逼近武汉，长沙告急。临时大学开学不过3个月，不得不再次撤退，这次的目的地是大后方昆明。有近300名学生没有走，他们选择参军或以其他形式参与抗战。

师生们兵分三路去往昆明，其中有两路都需绕道境外，经越南入滇，仅留一路体检合格的350多位师生整编成湘黔滇步行团，取道国内撤退。有研究认为，这么做是出于经济上的考虑；也有人认为，这是为了中国大学的尊严，撤退虽然惨淡，但颇有威武不能屈的意味。带队团长黄师岳中将做动员讲话时说："此次搬家，步行意义甚为重大，是为保存国粹，保留文化。"

"迢迢长路去联合大学，去我所知最好的大学。"歌声响起，旋律是"一战"时英军广泛传唱的爱尔兰民谣，语言学家赵元任用英文重新填词，大家把一首思亲怀乡的民谣唱得荡气回肠，豪情更胜出几分。

查良铮一路走一路念英文，有些学生沿途照相，有的收集民歌，学机械的观察水车如何灌溉。有的看到贫困山区缺水少电，在三四年级时决定学习水利专业。这一路走去，历时68天，跨越三省上千座村庄，跋涉3500多公里，也是一堂生动的国情教育课。

考进西南联大，王希季选择了机械学系："那个时候，就是很单纯地想工业报国，要打日本。"老先生回首当年，语气中透着决绝。

杨振宁和邓稼先在联大亲如兄弟，联大同学回忆，二人常在一起念古诗，其中就有唐代李华的《吊古战场文》，寄托了凄恻悲愤之情。

每逢乱世，多难殷忧之际，人们往往从历史和传统文化中寻找精神力量。联大学生、历史学家何兆武先生认为，"这给了我们一个千载难逢的机会，去体验人性的幽深。那在几千年的中国历史中形成的人性，以最浓缩的形式在最短的时间内迸发出来"——"衣冠南渡"的历史文化意象，家国濒临危亡的巨大心灵冲击，涤荡生发出联大师生们实践道德理想、坚守文化人格的深宏境界。

冯友兰在国立西南联大纪念碑碑文中对此有一句话的解读："联合大学初定校歌，其辞始叹南迁流离之苦辛，中颂师生不屈之壮志，终寄最后胜利之期望。"

穆旦有句诗："我们明亮的血里奔流着勇敢。"联大的这批年轻人，他们的勇敢并不仅仅是匹夫之勇，更有捐躯弃身的德性之勇。

中兴业，须人杰

许渊冲回忆，在联大读书时，有一半时间是在跑警报。日军不时空袭昆明，师生们四散躲避，是谓跑警报。做过清华大学国文系主任的刘文典教授当时有一句名言："我跑警报是为了保存国粹，你跑是为了什么呢？"

真可谓逃命路上的灵魂之问：你的生命有什么价值？

联大学子各有各的回答。有的投笔从戎，浴血沙场；有的读书救国，赓续文脉。

国立西南联大纪念碑上刻有834位从军的学生名单。

有的战死，如缪弘。父亲缪斌投日加入汪伪政府，缪弘携弟缪中逃离家庭，同时考入西南联大，同时报名参军，赴战之心决绝。同学回忆，他有为国牺牲的决心。1945年7月底，在一次攻打机场的战斗中，同行的美国兵怕死退了下来，作为翻译官的缪弘却和士兵们一起冲锋，不幸阵亡。11天后，日本投降。

有的九死一生，如查良铮，他的笔名是穆旦。在联大读书时，他已有诗名。同学回忆他外表沉静，时常笑眯眯，有一对浅浅的酒窝，可是能感觉到他内心深处燃烧着一簇烈火。1942年，他投笔从戎，参加中国远征军，随杜聿明的军队前往缅甸战场担任翻译，后被迫退入野人山，亡命热带雨林。

王佐良在《一个中国诗人》中这样写穆旦："那是1942年的缅甸撤退。他从事自杀性的殿后战。日本人穷追，他的马倒了地，传令兵死了。不知多少天，他被死去战友直瞪的眼睛追赶着。在热带的豪雨里，他的腿肿了，疲倦得从来没有想到人能够这样疲倦，放逐在时间——几乎还有空间——之外。胡康河谷的森林里，阴暗和死寂一天比一天沉重，更不能支持了，带着一种致命性的痢疾，让蚂蟥和大得可怕的蚊子咬着，而在这一切之上，是让人发疯的饥饿，他曾经一次断粮达8日之久。但是这个24岁的年轻人在5个月的失踪之后，结果是拖着他的身体到达印度……"

还有的，一心问学，各擅其才。那个时代，正如联大校歌里写的，"中兴业，须人杰"。

杨振宁曾回顾："当年在联大学习，老师和我们这些学生，就是带着一股劲儿讲课和学习的，那就是，我们不想让日本人把我们的文脉断了！"

吴大猷回忆联大时期的李政道，感觉有些不可思议："他求知心切，简直到了奇怪的程度。"殊不知,学习之于李政道,是生命存在的意义。

在入联大之前,李政道迫于战乱,中学都没有毕业。1941年自最后沦陷的上海英法租界逃亡时,他年仅15岁,兵荒马乱中只得随难民流亡,一路贫病交加,身无分文,却在赣南的一座图书馆中,因自学一套大学物理教材而顿悟生命的价值。

李政道读到萨本栋所著《普通物理学》中讲牛顿力学的部分时,非常新奇:原来这个复杂的天地间居然有可以普适的定律!由此,他踏进了物理学的殿堂。

"活着有什么意思,人为什么活?"李政道在历史纪录片《到大后方去》中,面对镜头说:"在赣州那段孤独无助的岁月,在敌机轰炸之下的逃难路上,环境再危险、再艰苦,还是想办法要鼓励自己生存下去。怎么鼓励自己呢?每一个人都有生存的意义。都是生命,可我跟蚂蚁不一样,我可以了解这个宇宙是怎么演变的,世界万物遵循什么规律,而蚂蚁不能。"

艰难困苦,玉汝于成。

联大最终孕育了8位未来的"两弹一星"元勋、92位院士、2位诺贝尔奖得主、5位国家最高科技奖获得者,还有100多位名满天下的人文大师。短短8年的存续时间,联大培养出如此多的杰出人才,无疑具有深刻的教育史、精神史和文化史的研究价值。

纯粹人格之美

马识途先生在摄制组拍摄完成后,专门给西南联大博物馆的一位学生写了几句话,他说:"年轻是一笔财富,可是它也可能成为你的负担,就要看你怎么生活。"

联大的学生们无不是认真生活的人。那时候的学生，可以徒步3500里，去上一所最好的大学；可以穿越一座城去听闻一多的讲授；可以激扬文字，畅言科学与民主，"违千夫之诺诺，作一士之谔谔"；可以淡然于20世纪50年代经济繁荣、消费横行的美式生活诱惑中，劈波斩浪，回到百废待兴的中国，各尽其力……他们，莫不怀着"做人杰"的梦和强烈的信念感，寻找中国未来的出路。

爱因斯坦说过，要想找到生命的意义，就必须确立自己的终极目标并明确其相应的价值。知识本身固然是伟大的，然而奋斗的价值无法从它那里获得证明。

《九零后》中，最打动我的莫过于一个词：pure（纯粹）。

同学讲述："邓稼先赞赏一个人或一种行为，用的就是 pure。谁的思想纯洁、境界高尚，他就说这个人真 pure。他的这个标准，既用来评价别人，也用来要求自己，以致同学们干脆就叫他 pure。这个外号是对他的特点与本质再恰当不过的写照，他真好像是一个透明的人。"

在水深火热、家国剧变的20世纪30年代，一代年轻人因缘际会，他们上下求索，无问西东，师从20世纪中国自然科学和人文科学一流的学者，身心皆经历动心忍性的锻造，因此淬火而升华，最终化为一种纯粹的人格，才有了穿透时光，动人心魄的美。

（摘自《读者》2021年第14期）

白云娘

邓安庆

白云娘是一个看起来普普通通的老太太，会看托尔斯泰的书，还会感叹一个俄国女人的命运。这在我看来十分奇特。我看完《安娜·卡列尼娜》，在一个下午的三四点钟，把书用报纸包好送过去。

她直接问我："安娜这个女人，你觉得是坏女人啵？"我一时不知道怎么回答，她接着说，"叫我说啊，又可怜又可嫌。"正说着，她的孙子弘儿被我们说话的声音吵醒，哼哼唧唧地要哭。她连忙过去安抚一番，弘儿重新睡了，她又过来，说："我有时候夜里看，心里难过。伢儿她也不要咯，真狠得下这个心？我心下就觉得她为了个人的幸福，太自私咯。再转念一想，她要是还待在原来的地方，成天憋在那里，人也会发疯的，又教我同情。你看这写小说的人，就会折磨人。"她从身上摸出钥匙，打开书柜，把书放进去，回头又问我："你再看有么子书，你想看的，自家拿。"我说"好"。

我陆陆续续从她那里借了《罪与罚》《七侠五义》《红旗谱》等一批书，每次看，我都很小心，还给她时，她都问我看后的感受。我结结巴巴说了一些，她就说："看书莫图看好看的故事，要看人，每个人都有每个人的命运。有的人命好，有的人命差。关键是看这个人的心。"

我有一次大着胆子问她一句："白云娘，你觉得你的命是好，还是不好？"她笑了笑："我啊，我觉得不好。我读书读到初中，成绩全班第一，可我爸后来去世了，我也不读书了。我老娘带着我和我哥，忍气吞声这么多年才熬过来。我还是私底下看看书，你玉广爷是一个不读书的人，嫁给他，也是没得办法。命不好，只好将就。"

说到这里，她半晌没有说话。

我听母亲说，玉广爷在新疆有个小老婆，这些年，一直在那边生活。白云娘睁一只眼闭一只眼，没去管，只要他按时寄钱就行。有时候，她的两个儿子回来，她也是高兴的，忙着去镇上买鱼买肉。大多数时候，就她跟孙子、孙女在家。

暑假很快过完，我也返回学校，开始新学期的繁忙学习。有时候，我周末回来，看到她坐在门口，戴着老花镜，对着一本书看，就叫她一声，她会起身笑着招呼："秀才，回来了？"我说："是啊，你继续看吧。"她点点头，继续坐下来看她的。

高考结束后，我在家把读高中时买的一些闲书整理好，拎到白云娘的家里。弘儿上学前班，孙女璐璐上了小学，我去的时候，她一个人坐在房间里，拿着一支笔，在《红楼梦》一书的空白处写字。我问她看了多少遍，她仰着脸默念一下："二十七遍了吧。"我咂咂嘴："是不是已经熟得能倒背了？"她笑着说："那倒没有，熟还是熟的。"我把那些捆扎好的书放在桌上，说起我要上大学的事情，她说："我就晓得你会有出息的。"

上了四年大学，我出来工作。这些年，我很少回家，哪怕回去，也是找同学玩，很少会想到去白云娘那里。

等我再回乡时，白云娘刚刚去世。母亲说起这几年，她得了肝腹水，时不时要住院，玉广爷也从新疆回来照顾她。临死前几天，听说她精神错乱，骂玉广爷毁了她一生，玉广爷没有吭声。白云娘的大儿子和小儿子还没回来，正在往家里赶。

我走进厢房，璐璐靠在沙发上发呆，见我进来，勉强笑了笑。她现在是十几岁的少女，手上拿着一本《新华字典》，我一看就知道是白云娘常常用的那本。桌子上有一大摞书，《红楼梦》《七侠五义》《初刻拍案惊奇》《儿女英雄传》《孽海花》……逐一看去，还是我之前借过的那些老书，书页已发黄发脆，但还是干净的。我问璐璐，这些书怎么办。璐璐摇摇头："家里也没什么人愿意看这种老书，可能都要扔了吧。"我问她："你不看吗？"她摇头："我从小就讨厌看这些书，现在更不想看。"我又问她："为什么讨厌？"璐璐沉默一下，说："感觉书在我奶奶心里比我们还重要吧。"

我把《红楼梦》挑出来，问璐璐能不能把这本书拿走。璐璐挥挥手，说："你要是喜欢就都拿去。"那个放书的柜子已经被清空，听白云娘的小儿媳妇华姐说，他们在柜子的最里面，发现白云娘藏的五千块钱。现在，房间里的其他立柜都给打开，床板也立在一边，看她有没有在其他地方藏钱。她平日穿的衣服堆在一起，每个口袋也被仔细地掏过一遍，没有发现更多的钱。我拿着那本《红楼梦》走到堂屋，依旧是很多人走来走去，白云娘躺着的那个门板，换了个大的。我走过去给它鞠了一躬，便回家了。我坐在自己的房间，翻看那本《红楼梦》，白云娘做的笔记密密麻麻，是用铅笔写的，很多字因年代久远，已经看不大清楚了。我不知道在我问她看过多少遍《红楼梦》之后，她这些年又重看过多少遍。没有人会问她，也没有人在乎，可她自己会在乎这些吗？我不知道。

（摘自《读者》2018年第6期）

暴雨中的英雄

雷册渊

2021年7月20日下午，郑州突降暴雨。

李兰（化名）见天气不太好，就提前去幼儿园接外孙和外孙女。回家途中，车刚刚开到创业路、普惠路路口，及膝的水流就将车冲停在路中央，还熄了火。李兰尝试重新发动车子，几次都没成功，车门也无法打开。此时，大水已经淹到车门位置。李兰一边冷静地安抚车里的孩子，一边拨通了女儿杨晓杰（化名）的电话。

"那天雨那么大，我接到母亲的电话说车被困在路中间，已经进水了。作为一个母亲和女儿，我当时真有天塌地陷的感觉，哭都哭不出来。"杨晓杰回忆，"所有报警电话都占线，我必须冷静，才能救出我的母亲和孩子。"

杨晓杰让母亲告诉自己他们的确切位置，并且观察周围的情况，母亲在电话中——报出周围店铺的名字：一家便利店、一家宾馆和一家面馆。杨晓杰通过搜索外卖和点评软件，最先找到了便利店老板卢联盟的电话。

当时卢联盟正在几公里外的另一个店铺排险，意识到情况紧急，他立刻拨通便利店旁边宾馆的电话，告诉宾馆里的人："门口路中间的车里有人，快去救人！"

正在宾馆大堂排险的安保部部长李坤朋接到了电话，他和刚满18岁的王志磊是最早冲出去救人的。慌乱中他们找不到工具，只抓了一把菜刀就冲进雨里。

此时，10多米宽的路面已经变成一片汪洋，大水上涨到身高1.83米的王志磊的胸口位置。李坤朋率先爬上车，他先拿菜刀在前风挡玻璃上敲了几下，发现敲不动，而且如果敲开前风挡玻璃，大水将迅速灌进车里，车里的孩子会有危险。他又迅速爬上车顶，试图敲开天窗，还是敲不破。

第三个向车靠近的是一个一头红色板寸的小伙，他是孩子们的街舞老师陈阳阳（化名）。原来，没有打通报警电话的杨晓杰，情急之下在微信朋友圈里发出求救信息，正在附近的陈阳阳看到后，脱了衣服，拽着树枝游了过去。后来杨晓杰才知道，那一路，陈阳阳的包、手机都丢了，"冒着生命危险游了好长一段"。

陈阳阳努力向车游去，另一个穿着黑色雨衣的人也在向车靠近，他递来一把锤子。然而锤子太小，李坤朋尝试了几次也没砸开天窗。此时，面馆老板李祥听到外面的求救声，来不及多想，拿上店里的大锤子冲了过去。

李祥很快游到车旁，爬上车顶，在汽车的后风挡玻璃上凿出一个小洞。穿黑色雨衣的男子一直趴在车边，透过这个小洞，安抚着车里的李兰和两个孩子，并向旁边的人不断呼喊，组织救援。

李祥脱掉上衣，转向汽车左后方的车窗猛砸了几下，车窗终于被破开。水里的陈阳阳将小男孩拖了出来，李祥和穿黑色雨衣的男子合力扯着孩子的上衣把他提到车顶。这时李祥才发现，自己的手在刚才砸玻璃时受了伤，鲜血正汩汩地往外涌。他甩了甩手，顾不上包扎。很快，小女孩也被救了出来，被抱到车顶上。

又密又大的雨点像碎石一样从天上砸下来，让人睁不开眼睛。王志磊冻得忍不住地颤抖，上下牙咯咯打架，李祥的伤口在流血，陈阳阳还泡在水里……而此时，更多的好心人向车游去。人们送来了一个蓝色大桶，怕孩子呛水，他们打算把孩子装进桶里再送到安全地带。

六七个大人在不大的车顶高高低低地站着，把两个孩子围在最中间，还有人为孩子撑起一把伞。在一旁帮忙并拍下视频的赵朋说："这个画面，好像汪洋中的一座孤岛，而这座岛让人充满力量和希望。"

小男孩被装进桶里，由3个大人护送，到了安全地带。然后人们折返，小女孩也被成功地送了过去，护送她的有5个人。

等两个孩子都被救出去以后，李兰拿好车里的证件和包，又转身去为李祥找能够清理伤口的消毒巾，最后才从车里出来。有惊无险，一家人终于得救。

杨晓杰不敢想象，如果当时没有这些好心人的帮助，自己的家庭将会面临怎样的灭顶之灾。"这种心情无法用语言来形容，怎样的感谢都显得太轻了，我感激这些奋不顾身的救命恩人。"

杨晓杰回忆着这场无妄之灾，在庆幸家人平安的同时，也冷静复盘着得救的另一个关键因素——母亲的镇定和冷静。

杨晓杰说，这一点让她惊诧不已。"我母亲全程都非常淡定，当时我从电话里丝毫听不出她的慌乱，也听不出情况有多么危急。反而是她在告诉我，不要着急，没有问题。"

一场大雨，全城受灾。因为10多个热心人不顾个人安危的施救，保住了杨晓杰幸福美满的家庭，她深深感恩。"我母亲和孩子被救到安全地带以后，又遇到了许许多多的好心人。有一位上海大哥一直抱着孩子，给孩子温暖。还有许多好心人给他们送来食物和热水，真的让我们感受到人间有大爱。"

后来有记者去采访，几乎每一位参与救援的人都谦虚地告诉记者，救人的是大家，不仅是自己。记者也多次尝试联系杨晓杰提到的那位来自上海的好心大哥，他始终婉拒采访，只发来短短几行字："正常人都会选择这么做，我做得不值一提，还有很多人值得报道和关注。"

没有从天而降的英雄，只有挺身而出的凡人。谢谢暴雨中，义无反顾的你们。

（摘自《读者》2021年第18期）

北斗背后的"90后"

邱晨辉

得知北斗三号最后一颗全球组网卫星发射成功时，46岁的中国航天科技集团一院总体部主任设计师胡炜感慨道："这是创新的胜利，也是年轻的胜利，我们就是要永远保持年轻的心态、创新的冲动！"

这位航天"老兵"所在的队伍，成功研制出长三甲系列火箭，后者成为我国唯一的"北斗专列"。2000年，长三甲系列火箭发射了我国第一颗北斗导航试验卫星，至今共进行了44次北斗发射，将全部北斗卫星成功护送升空，发射成功率达100%——即便放眼世界航天舞台，这样的成绩也比较罕见。

改变30年不变的流程

今年30岁的朱平平，虽然是火箭研制团队里的年轻面孔，但是担任长三乙火箭动力系统指挥的他，已经是研制团队的骨干。队伍里还流传着他的几则故事，其中一个和火箭加注有关。因为火箭加注的所有环节，朱平平都必须在场。在一次火箭执行北斗任务时，意外突然发生。数据显示：常规加注量比要求值低了一些。朱平平的神经立即绷紧，他和同事停下手头的活儿，第一时间定位故障，重新计算加注量，讨论解决方法，精准完成了一系列危机处理动作。等问题解决后，火箭可以准时发射了，朱平平却倒在了工作岗位上。

之后，他被确诊为急性肠梗阻。医生告诉他，情况很危急，有的急性肠梗阻发展很快，甚至会导致死亡。朱平平听后冒出一身冷汗，在此前的任务中，他虽然感到腹部疼痛，却总觉得可以忍。

"那时候，确实顾不上那点疼痛了。"朱平平说。

和这位"90后"有关的另一个故事，关键词是"打破传统"。

在点火发射前，长三乙火箭需要补加两次推进剂，这样的流程在中国航天领域已经沿用了近30年。朱平平却打破了这一传统，成功地将两次补加"合而为一"，改变了这项30年不变的流程。朱平平告诉笔者，以前的"第一次补加"是为了预冷发动机，"第二次补加"则是补充预冷时挥发的推进剂。不过，一次补加，就需要上百条口令，要不断打开、关闭各种阀门。这不仅带来巨大的工作量，还暗藏一些出错的风险。

如今，长三甲系列火箭的发射场工作，周期一步一步缩短，流程一步一步优化：从一开始的50~60天，到现在的20~22天。这背后，就有推进剂补加流程改变的功劳。

　　"我们的每一步改进，离不开汗水和智慧，更离不开老一辈航天人打下的基础。"朱平平说。为国铸"箭"，是他们这一代航天人的责任，这不仅需要他们继承老一辈航天人严慎细实的作风，还要胆大心细，敢挑重担，有敢于创新的勇气。

成为航天系统的一员

　　1994年出生的许哲琪，是长三甲系列火箭研制团队里的年轻队员之一，是一个不折不扣的航天"后浪"。

　　她的航天梦想，还要从一次宣讲会说起。

　　一次偶然的机会，许哲琪听了一场中国运载火箭技术研究院即中国航天科技集团一院的宣讲会。航天人一代代接续奋斗的故事，让她深受感动和鼓舞。从此，她下定决心要成为火箭研制队伍中的一员。

　　有意思的是，在许哲琪毕业时，火箭院并未在她所读的学校开设宣讲会。她跑了3所不同的学校，并在网上投了简历，多路并进，最终才成了航天系统的一员。

　　入职以后，为了学习与火箭相关的知识，许哲琪下班后会在办公室看设计图，学习相关文献。那时，她注意到一个现象：几乎每天，师父黄皓都在加班，一定要把当天的工作做完才下班，从不拖到第二天。

　　刚接触综合试验时，许哲琪还没有形成产品把控的观念，在一次接线时，她从线上削下来一段3毫米左右的胶皮。由于胶皮比较小，许哲琪没有及时扔进垃圾桶，随手放了桌上。黄皓看见了，严肃地朝着许哲琪的方向喊道："这是人为制造多余物，桌上有很多插孔、插头，这么小的胶皮随手放在桌上，极可能造成堵塞！"

那是许哲琪第一次看见黄皓这么严肃，小姑娘有些吃惊。在此之前，师父在她心里是个很有耐心的航天前辈，如今因为这件"小事"遭受批评，她有些委屈，也有些不解。

但很快，这件"小事"让她意识到，此前新闻报道里常说的"航天人的严谨"，竟离自己如此近。更重要的是，这份严谨，没有那么多的情怀可以渲染，就是在日常工作中"细致，细致，再细致"。

"每一次发射成功，都离不开对细节的把控，但凡有一个人粗心大意，都可能将所有人的努力毁于一旦！"许哲琪告诉笔者，几年过去，她也逐渐学会了火箭研制人员的严慎细实。

"90后"站上指挥岗位

这一次发射，是许哲琪第一次独立担任测量系统指挥。测量系统指挥是一个协调统筹的角色，要求担任指挥的人员根据日程工作安排，与相关岗位及技术负责人沟通后发布每天的工作，调动系统人员配合，时刻关注前后端工作情况，及时向发射队汇报。

"来发射场之前非常激动，这是我第一次担任指挥，又是北斗全球组网的最后一次发射，意义重大。"许哲琪说。

刚到发射场，这位小姑娘还是有些紧张，每天必须加班看测试细则和操作规程。她总觉得，自己多熟悉一些细则和规程，就能多一分底气。发射队的很多前辈和同事也给她打气，给了她不少帮助。

2020年6月23日9时43分，长三乙火箭点火升空。看着屏幕上的发射直播画面，测试间里的许哲琪流下激动的泪水。

在火箭院的研制队伍中，像胡炜那样几十年如一日坚守岗位的人，像朱平平那样敢挑重担、勇攀高峰的人，像许哲琪那样刚走上工作岗位的新人，还有很多。

"北斗发射任务持续20年，完成这项庞大的工程，离不开一代代航天人的接续奋斗，离不开航天精神的传承。要问航天精神是如何传承的？就像一线的航天人一样，从前人手中接过火炬，在平凡的岗位上发光发热。"长三乙火箭发射队临时党委副书记、中国航天科技集团一院团委书记李迪克说。

相比于那些"90后"航天人，胡炜说自己早已不那么年轻了，不过他依然清晰地记得一位前辈的教诲——当每天所做的工作让你感觉陌生、费解、不懂时，你要去问别人、请教别人，这并不可怕，这说明你在进步；但当你对每天干的工作都很熟悉，闭着眼睛都知道怎么干时，就要警惕，因为你很可能是在原地踏步。

"所以，我们不敢懈怠，要像年轻人那样永远年轻，永远创新。"胡炜说。

（摘自《读者》2020年第17期）

我始终相信努力奋斗的意义

卢思浩

一

　　在从北京回家的动车上，偶然听到邻座的小姑娘边哭边打电话给家人，她说："妈，对不起，本来说好赚钱了才回家的……"她蜷坐在座位上，极力压制着自己的哭声，"但是我尽力了，妈，我不后悔。"

　　联想起之前看到的一篇文章，有人说他始终不相信努力奋斗的意义。然而努力奋斗的意义，真的只是为了赚钱，或者为了社会所认可的成功吗？

　　我突然想起我那个日夜颠倒的死党，M。

　　有一个周末的晚上，他发来自己设计的封面，还没等我给出评价，他又说："不行，我还得再改改。"其实我觉得已经很好了，可他总是不满意。

第二天中午他把改好的设计给我看了看，然后语音另一边的他突然叹了口气。

"你说，我们这样日夜颠倒，这么忙碌，到底是为了什么呢？"他问我。

那时我想起一句话，便对他说："归根结底，我们之所以漂泊异地辛苦奋斗，是因为我们愿意。我们这么努力，不过是为了给自己一个交代。"

就像那个跟我萍水相逢的姑娘打动我的那句话："但是我尽力了，妈，我不后悔。"

不知道为什么，最近出现了很多文章说不相信努力的意义，然而这对于我来说似乎从来不是一个问题，努力从来不等于成功，而成功也从来不是终极目标。那些终极的梦想，其实是很难实现的。但在你追逐梦想的时候，你会找到一个更好的自己，一个沉默、努力、充实、安静的自己，你会因为自己所做的事情而觉得充实。

二

我始终相信努力奋斗的意义，因为那是本质问题。有朋友曾经问我："如果有一天你发现梦想始终没有实现，你会不会觉得很可怕。"

我对他说："没什么好可怕的。"

他看着我说："即使那些努力都没有回报？"

我觉得努力就是努力的回报，付出就是付出的回报，写作就是写作的回报，画画就是画画的回报，唱歌就是唱歌的回报，一如我的死党所说，虽然每次都觉得很累，但当他看到自己的作品的时候，心里的兴奋和激动没有任何一样别的东西能够代替得了。

如果你的努力能让自己做自己喜欢的事情，那为什么要放弃努力呢？如果人能够做自己喜欢的事情，谁说这不是一种回报呢？

我相信，任何人，不管他是大人物还是小人物，只要做自己喜欢做的事情，他一定是开心的。只要为了自己想要做的事情努力，他一定会感到充实。相反，如果你的努力是为了你不想要的东西，那你自然而然地会感到憋屈和不开心，进而怀疑努力的意义。

如果你的努力不是为了自己喜欢的、自己想要的，那么请停下来问问自己是不是太急躁了。

三

曾经在山区看到过天真无邪的孩子们念书的情景，正如那些文章里所说，这些孩子也许将来只能接过父母的活，在山区继续着艰苦的人生。然而他们此时却比很多比他们家境好的人快乐许多，因为对于他们来说，念书就是念书的回报。

一个在北京漂着的哥们儿曾跟我说，他也许这辈子也无法"逆袭"，也许那些"高富帅"们不需要怎么付出也能做出更好的成绩，但他还是决定继续漂泊，做一个奋斗的"屌丝"，他觉得这样子值得，失败了也不会后悔，也算是给自己一个交代。

你说登山的人为什么要登山？是因为山在那里，是因为他们无法言说那难以满足的渴望。

为什么明知道梦想很难实现，却还是要去追逐？因为那是我们的渴望，因为我们不甘心，因为我们想要自己的生活能够多姿多彩，因为我们想要给自己一个交代，因为我们想要在我们老去之后可以对孙辈说：

你爷爷我曾经为了梦想义无反顾地努力过。

诚然，也许奋斗了一辈子的"屌丝"也还只是个"屌丝"，也许咸鱼翻身了也还不过是一个翻了面的咸鱼，但至少他们有做梦的自尊，而不是丢下一句努力无用然后心安理得地生活下去。

你不应该担心你的生活即将结束，而应担心你的生活从未开始。

其实我在追逐梦想的时候，早就意识到那些梦想很有可能不会实现，可我还是决定去追逐。失败没有什么可怕的，可怕的是从来没有努力过还怡然自得地安慰自己，连一点点的懊悔都被麻木所掩盖。

不能怕，没什么比自己背叛自己更可怕。

四

九把刀在书里说过："有些梦想，纵使永远也没办法实现，纵使光是说出来都很奢侈，但如果没有说出来温暖自己一下，就无法获得前进的动力。"

人为什么要背负感情？是因为人们只有在面对这些痛楚之后，才能变得强大，才能在面对那些无能为力的自然规律的时候，更好地安慰他人。

人为什么要背负梦想？是因为梦想这东西，即使你脆弱得随时会倒下，也没有人能夺走它。即使你真的是一条咸鱼，也没人能夺走你做梦的自由。

所有的辉煌和伟大，一定伴随着挫折和跌倒，所有的辉煌背后都是一座座由苦痛构成的高墙。谁没有一个不安稳的青春？没有一件事情可以一下子把你打垮，也不会有一件事情可以让你一步登天，慢慢走，慢慢看，生命是一个慢慢累积的过程。

有一个环卫工人，工作了几十年后终于退休了，很多人觉得他活得很卑微，然而每天早起的他待人总是很温和，微笑示人，我觉得虽然他也许没能赚很多钱，但他同样是伟大的。

活得充实比获得成功更重要，而这正是努力的意义。

五

我常说，你是一个什么样的人，就会听到什么样的歌，看到什么样的文章，写出什么样的字，遇到什么样的人。你能听到治愈的歌，看到温暖的文章，写着倔强的文字，遇到正好的人，你会相信温暖、信念、坚持这些看起来老掉牙的字眼，是因为你就是这样的人。

你相信梦想，梦想自然会相信你。千真万确。

然而感情和梦想都是冷暖自知的事儿，你想要跟别人描述吧，还真不一定能描述得好，说不定你的一番苦闷在别人眼里显得莫名其妙。喜欢人家的是你又不是别人，别人再怎么出谋划策，最后决策的还是你；你的梦想是你自己的又不是别人的，可能在你眼里看来意义重大，在别人眼里却无聊得根本不值一提。

在很大的一部分时间里，你能依靠的只有你自己。所以，管他的呢，不要管别人怎么看，做自己想做的，努力到坚持不下去为止。

也许你想要的未来在他们眼里不值一提，也许你一直在跌倒然后告诉自己要爬起来，也许你已经很努力了可还是有人不满意，也许你的理想离你的距离从来没有拉近过，但请你继续向前走，因为别人看不到你背后的努力和付出，你却始终看得见自己。

（摘自湖南文艺出版社《愿有人陪你颠沛流离》一书）

不读大学，人生会怎样

崔东元　张杏琳

2008年夏天，灯光昏暗的房间里，16岁的于广浩把一本脏兮兮的书扔到坐在沙发上的爷爷、奶奶和妈妈面前。"这本书叫《苔丝》，"他用小而清晰的声音说，"它的故事很简单，一个年轻人，被一群声称爱她的人毁了。"然后，他又补了一句："你们应该好好看看。"

2020年，28岁的于广浩对这个场景依旧印象深刻。爷爷抓起这本书，把它扔到他脸上，吼了一句："于广浩，你这辈子不会有什么出息！"而这位一向温和的老人之所以暴怒，是因为于广浩向家人提起了退学的想法。

"我在北京长大，但因为户口在河北，便回到河北读中学。教育环境的差异让我难以忍受，2008年，我上初三的时候就想退学了，但为什么挨到高中才退呢？因为'革命'需要时间。"于广浩笑言。

家人的强烈反对，没有让于广浩后退半步。退学，是他站在人生的十字路口做出的选择。

于广浩习惯于把复杂的事情量化，他在决定是否要做一件事情之前会权衡事情本身的风险与收益。"我偏科严重，成绩不好，如果我去参加高考，最多上一所三本院校，让我用5年的时间换一张含金量不高的文凭，我觉得亏。假如风险、收益满分都是100分，考大学在我眼里就是一件风险是10分、收益为20分的事情。"他认为与其接受家人给他安排好的路，不如趁着年轻，去尝试走一条少有人走的路。

热爱思考的天性让他更关注一些与教科书无关的内容，在剩余的高中生活里，他俨然是一个游离于主流之外的人：如饥似渴地阅读与课程无关的书，奔波在学生会、文学社之间，用纸和笔记录下偶然迸发的灵感，写了两篇与题目要求无关的0分作文……在度过这段略显疯狂和失序的时光之后，他取得高中毕业证，迈入只属于他的"大学"。

路上·大学

于广浩的"大学生活"，从离家只有几站地铁的北京大学开始。他认为："学可以不上，书还是得读。"他想办法混进北京大学的课堂，成为一名旁听生。

他时常穿梭于教授政治、历史、国际关系等课程的教室，往返于家和图书馆之间，他的身影也总是出现在学校的协会和社团中。在校园内扎根并疯狂汲取营养的时光持续了一年半。这段时间里，他逐渐真切感受到自己掌握在手中的自由，内心对无数新奇事物也产生了愈来愈强烈的渴望。他如此形容游学时光最后半年里的自己："比较躁动，书也读不进去。"

在发现自己无法潜心学习之后，他偶然在某个论坛上看到一篇关于骑行的帖子。凭借着超强的行动力，于广浩迅速弄来一辆车子和一些骑行装备，在假期里绕着上海、无锡等长三角城市骑了一大圈，行程逾千里。

内心越燃越旺的火焰让他不满足于简单的短距离骑行，两个月的休息调整后，他索性踏上了跨越整个中国的征程。他从南京出发，一路西行，用搭顺风车的形式，历经28天，到达拉萨，在西藏绕着国境线转了一大圈。后来，他又沿着中国南部的海岸线，绕着广东、广西等地转了8000公里。

整整两年，于广浩就这样一直行走在路上，他搭过600辆车，足迹几乎遍布整个中国。他曾在北京寒冷的冬夜穿梭，在上海火车站一个人拉着拉杆箱兴奋到颤抖，在太湖大桥上追逐太阳西下最后的光芒；他曾走过天山的牧场，穿行过察隅的森林，流连于九月的那拉提，徜徉在唐古拉的秋天，他看着秃鹫在头顶盘旋，野驴在远处嘶鸣……忆及此，于广浩说："那时的我，只有满心的喜悦与感动。"

于广浩的长途旅行，基本上是在父亲不再给他提供经济支持的情况下进行的。"因为退学这件事情是他们绝对不可能认同的，他们觉得逼我回归学校的最好方法就是不再给我提供经济支持。"

可就像于广浩形容自己的那样："我是个硬骨头，他们不给，我决不要，也决不低头。"搭顺风车本身可以省下一大笔路费，除此之外，于广浩还通过与当地居民同吃、同喝、同住节省开支。

于广浩一路上不断地与形形色色的人相遇，他在西藏认识了一位民间昆虫科学家，于广浩形容他为"真正追逐梦想的人"。这位狂热的昆虫爱好者，比于广浩大10岁，在北欧攻读医学博士学位。他本可以拿着一份不菲的薪资，从事令人羡慕的工作，过上安逸的生活。但是出于对蝴蝶近乎痴狂的热爱，在知道国内做蝴蝶研究收入颇微的情况下，他还是毅然放弃了其他的工作机会，全身心地投入蝴蝶研究领域。

于广浩说：“我经常想起他，他面临选择时压力比我的压力大多了，他要放弃的东西不知比我多了多少倍，但他还是遵从了自己的内心。”每当迷茫的时候，于广浩总会反问自己一句：“人生这么短，我为什么不这样做？”

在中国西南人迹罕至的原始森林里帮昆虫学家抓了一年蝴蝶后，2014年，于广浩结束了这段离经叛道、恣意挥洒的“大学时光”，顺利“毕业”了。

“成绩是优秀。”他说。

2014年2月16日，他在文章里正式写下：“再见，我的大学。”

工作·创业

“于广浩，你屈服啦？”

在决定要就业的那段时间，于广浩经常听到这样的声音，但在他眼里，工作根本不是一件令人悲伤的事情。“就像我退学后依然坚持在大学里待了一年多一样，反抗从来不是我的目的，更勇敢地生活才是。”于广浩觉得，他已经获得生活给他的馈赠，下一步就是要带着这些财富，走向人生的下一个阶段，“这是很自然的事情，和屈不屈服没有任何关系。”

由于个人经历丰富独特，即便只有高中文凭，于广浩也顺利进入一家知名互联网生鲜电商公司工作，担任生鲜买手。凭借着一些机遇和出色的工作能力，他得到领导的赏识，从实习生做到采购经理，只花了4个月。他说：“连升4级，火箭一样的速度。22岁担任采购经理，我是整个集团有史以来最年轻的采购经理。”缺乏挑战性的日常工作让于广浩颇有才华被埋没之感，也促使他一次次拷问自己的内心：“读圣贤书，行万里路，所为何事？"

不甘平淡的灵魂再一次躁动，这一次，内心熊熊燃烧的火焰使于广浩对自己的个性有了更清晰的认识。"我对自己一直有很高的期许，喜欢挑战。这是我的优势，我还年轻，应该去试试。"经过几年的积累与学习后，于广浩开始了创业。

创业之路自然是坎坷崎岖的，面临着诸多风险与不确定。在成功创办现在这家公司之前，于广浩还经历过两次创业失败。两次失败的经历没有让于广浩对创业望而却步，反而令他迅速从失败中汲取经验。他在脑海中快速复盘，更新，迭代。在谨慎评估后，他和伙伴一起创业，做起了农业。"好多朋友知道我从互联网大厂辞职去卖红薯都觉得我疯了，我说这有什么，创业是为了成事，想成事就要看趋势、看市场，赚钱嘛，不丢人。"于广浩笑着说。

爱好·星空

于广浩自诩是"脚踏红薯地，仰望星空"。他有着十分接地气的职业——卖红薯，和十分不接地气的爱好——星空摄影。这颇具浪漫色彩的"月亮与六便士"的故事，还要从于广浩20岁时被银河的壮观景象震撼开始说起。

那年他在青海玉树做科考，正是5月，他借住在乡间的一所小学里。某天半夜他出门上厕所时，偶然抬了一下头，"一条横亘天际的银河就这么出现在我面前，我呆立半晌"。

8年后的今天，再次忆起当夜，他仍然难以平静。亲眼所见的、壮丽璀璨的银河，成为点燃他追"星"热情的第一簇火焰。而当几年后他架起天文望远镜，第一次清晰地看到月球上面的坑坑洼洼，第一次用镜头触摸星体细微的纹理时，他甚至没忍住哭了出来。

"星空的魅力到底在哪儿？"他回忆起当时所见的景象，眼里带着沉醉。"你会感到自己是如此渺小，却在和无限的宇宙对话。我要把这种美和感动记录下来。"从那以后，于广浩拿出相机，开始他的追"星"之旅。

星空摄影要求光污染少，因此于广浩成了西部地区的常客。在辗转新疆、青海、西藏和四川等地的旅途中，他留下了许多珍贵的回忆和作品。

"有一张拍摄雷暴的照片，是我早期的作品，我尝试了很多次才拍出那个效果。"那是于广浩第一次拍银河，他至今还清楚地记得，他说："当时在天山草原上，眼瞅着产生雷暴的积云飘过来，我吓得腿软，怕雷劈又不想跑。"各种念头纷纷闪过，很快就只剩下了一个想法：不怕被雷劈，拍到片子就值了。

同时，对星空与宇宙的思考，也影响着他的许多作品。他自己非常喜欢的一幅作品是《永恒与毁灭》，里面有一只恐龙静静地站在星空下，一旁是C/2020F3新智彗星。恐龙必然毁灭的命运、绝望的情绪和永恒的北斗七星形成巨大反差，这也正是他一直想表达的：生命有限，宇宙无垠。

"对于这张图，我在拍摄之前只有一个很模糊的构思，为了能更加具体地找到我要表达的场景，我专门跑了2000多公里到黑龙江伊春的恐龙公园拍摄。"拍摄的那天正巧赶上黄昏，北斗七星也很亮，场景内能同时容下彗星、恐龙和北斗七星……于是就有了这张作品。

当然，星空摄影给于广浩带来的绝不只有愉悦，他也曾面临很多绝望的时刻。2020年，为了拍摄日环食，于广浩第8次进藏，一路遭遇的坎坷令他苦不堪言：汽车爆胎、水箱爆炸……在架起相机之后，天空依然阴云密布，倘若不是食甚时刻恰好飘来一个乌云云洞，他必然也会像先前的几次一样失望而归。"所以很多人不能理解，你去看日食，跑那么远干吗？不确定性这么大，看电视转播不好吗？就算看到了，又有什么意义？"面对这样的质疑，他不以为然："你问我有什么意义，我在28岁那年跑一万多公里对着太阳哭，这就是意义。"

"热爱是我所有作品的底色。"这是于广浩给自己的摄影作品写下的注脚。可他从没有给自己的人生做过注解，或许没有注解就是对人生最好的解释。退学10年，这个性格张扬的年轻人活出了自己的模样，从游学到旅行，从科考到工作，从创业到追"星"……看似横冲直撞的活法背后，是他从未变过的赤子之心，就像他在日记中所写的那样："我只是在追求自己喜欢的生活。我最多只能告诉亲爱的你，原来理想并非遥不可及，原来去追求理想并不会死在路上。"

这个28岁的年轻人，正怀揣着对这个世界、对生活、对人生最真挚的热爱，奔赴一场场对他而言并不遥远的未知。

（摘自《读者》2021年第16期）

一个中年人阅读李白

闫 珊

一个经典的中国故事是从《静夜思》开始的。

公元726年，李白25岁，这是他第二次离开故乡四川江油。第一次离开故乡时，他还是十几岁的少年，除了拜师、求举荐受挫以外，一无所获。而第二次离开故乡，他已步入青壮年，从此，他再也没能回到故乡。

那年夏天结束前，李白来到扬州，他忽然病倒，钱也用完了。据说他家的生意遇到问题，无法再供他像年轻时那样挥霍。扬州的小旅舍不允许赊账，李白身边唯一的亲人是伴随他出故乡的书僮丹砂。丹砂用尽办法也无法让他好转，两个人连饭都快吃不上了。先前和李白交游的朋友一见这种状况，都躲得远远的。李白第一次感受到世态炎凉，他写了一封信给故乡的老师，却连自己的地址都无法标明。

阴历九月十五日左右，秋意已浓，故乡仍远。夜晚，寒意携着月光从窗缝飘然来到诗人身侧。久病的诗人勉强起身，虽感凉气逼人，但他还是打开了窗，看着万物沉寂在月光下，就像是看到自己渺茫不定的前程。

月光入户，以窗格的大小凝成一块银白的光影，如霜般冰冷。而地上，诗人的身影已然是中年人的模样。在这一瞬间，李白看见过去的青春热情离自己远去，他正一步步穿越到自己的中年时光。悲从中来，不可断绝，诗人第一次以中年的心态写出这首流传最广、妇孺皆知的诗句：

床前明月光，疑是地上霜。

举头望明月，低头思故乡。

在《通天之路：李白传》中，哈金不惜笔墨这样梳理《静夜思》的写作背景。他把作者写作此诗的心态向前延伸了十年。似乎诗人离乡闯荡，漂泊无依，直到那天晚上病中惊醒都是在为写出这么一首诗。

哈金带着感慨写道，李白不会知道，在今后的一千年里，每个初识汉字的人都会随口背诵这首诗。如他所说，这首诗已成为中国人诗歌的启蒙、中文的启蒙、家国情怀的启蒙。

哈金生于1956年，1985年赴美国，1989年开始用英语写作。几十年的英语写作生涯，远离故土和母语，让他重新认识了这首诗。在李白漫长的一生、众多的作品里，哈金独独挑出这首《静夜思》加以考量。人人皆知的经典顿时展现另一番风貌。这是一个中年人对另一个中年人的揣度，是一个游子和另一个游子推心置腹的交流，其中甘苦，皆在文中。

公元748年春天，李白重回金陵，这是他第二次来金陵，这座人文荟萃的城市让他偏爱有加。这一年，他已47岁，不再是那个浪漫得几近疯癫的诗人，其作品更质朴，关注的内容更真实，嗓音也渐渐深沉。

从一位叫王十二的朋友口中，他逐渐了解到几位故人的消息。崔宗之是他年轻时的挚友，因受人诬告被流放至洞庭湖南边的小县。李白旧时认识的官员李邕，颇有政绩，却因为得罪了李林甫被杖毙。他的另一位诗人朋友王昌龄也被贬谪到一个名叫龙标的偏远小县。

朋友们死亡和流放的消息让李白震惊，他深感岁月蹉跎，造化弄人，又隐隐感受到黑暗的朝政中蕴藏着巨大的危机。他无助，甚至寄情修道，而此时写作的《闻王昌龄左迁龙标遥有此寄》也成为千古名作：

杨花落尽子规啼，闻道龙标过五溪。

我寄愁心与明月，随君直到夜郎西。

这样的愁苦，这种面对死亡和分离的透彻感受，是中年李白的新境界。在喝了所有的酒之后，他放下酒杯，却这样写道："吟诗作赋北窗里，万言不直一杯水。"

水，中年人的味道。

也许是感同身受，哈金单独拿出一节来写此时的李白，并起名为"再次出发"。指李白再次出游，也评价李白的诗在此时达到了巅峰。

哈金说，写作《李白传》与他的生存状态相关。当时，他的夫人病了，哈金教学之余，还要照顾她，陪她往医院跑。实在无法开始长篇小说的创作，他就选择了写这本非虚构的作品，因为不需要发挥太多的想象力。环境逼出来的书，在中年守病榻时熬出来的书，这确实是一个暗喻。

哈金的小说曾获美国国家图书奖和福克纳奖，也曾入围普利策奖。但其后更真实的危机，哈金也坦诚地说出来了——怎样在成功之后仍能不断地写下去。"我想继续作为作家存在下去。"这种卑微的动机反而成为才华的根本，刺激出他不断创作的欲望，百折不挠、步步扎实，开拓新的写作空间和途径。

新的路，新的生命感受，才可能有新的巅峰。像水成为酒，像酒重新变成水。李白和哈金同时到达这里。

公元761年，李白60岁，他不知该根落何处。妻子已上庐山修道，儿子伯禽不知道是否有能力养活自己，回到四川老家更是不可能。他遂前往当涂，投靠亲戚李阳冰。

到当涂后，他旧病复发，整个寒冬缠绵病榻。而李阳冰任期已满，只能找伯禽来当涂照顾李白。在此时的诗中，我们看到了一个前所未见的李白。年轻时挥金如土、睥睨天下、潇洒不拘的他消失了。

他为一个病逝的善良酿酒人写下这样的句子："纪叟黄泉里，还应酿老春。夜台无李白，沽酒与何人？"

李白确实有许多更精致、更崇高的诗歌，但这些简单的诗名更接近他的内心。

毕生流浪，终于还家，家是本心。李白在这些诗里安静下来，渐渐燃尽，消失在茫茫天际。

哈金说："今天，我们欣赏李白的每一首佳作，却忘记了每一首诗后面都是他生活中的一个危机。"

海外，亲人的床榻旁，哈金读出属于他的李白。如果我们没有站在自己生命的困境中，没有在泥泞里打滚挣扎，谁又能真正读懂李白呢？

（摘自《读者》2021年第4期）

城市里的手艺人

祝小兔

前几天，带朋友去剪发。他总是不满意发廊给他做的造型，哪怕是一掷千金请的店里最贵的发型师。在小区里东走西转，进了这位凡师傅家，朋友显得意外，甚至觉得有些不可思议。在城市热闹的公寓楼里，凡师傅半隐居在此，养了一只猫为伴，客厅就是他的工作室。虽然是民居，工具倒是很齐全，就是有些凌乱：一面落地镜前，摆着转椅，旁边有烫发的机器等设备，各种药水、彩色发卷随处散落。

剪发是一种互动的手艺，他用触觉感受你的发量，用眼睛看你的发质，用耳朵听你的需求，用心体会你的审美。我想朋友心里一定在打鼓，事已至此，怀着将信将疑的心态，也只能让凡师傅打理。凡师傅的性格非常有趣，遇到他喜欢的人，就忍不住跟人家多聊上几句；遇到不投机的人，连生意也不做。开一家发廊成本很高，他就在民居里工作，也不养助手，解决温饱是件很容易的事，闲钱也不少，前段时间他还跑到云南的雪山玩了一圈。不知不觉，聊着聊着，头发就剪好了，朋友出奇地满意。他问价格，结果比市场价低很多。凡师傅不肯接钱，指着柜了上的 个木箱说："丢里面吧。"朋友觉得他随性极了。其实忙的时候，他常常会说声"看着给呗"，然后就转身忙活别的客人了。

凡师傅是位手艺人，我认识他已经10年了，从他在发廊工作的时候就已经成为他的回头客了。兜兜转转，我换过几个发型师，最后还是跟随着他，他也跟随着自己的内心，最后老老实实地当了个手艺人。

小时候对手艺人的理解实在不够宽泛。庙会上售卖手工艺品的民间艺人，在街角修鞋的匠人，裁缝店的老师傅，他们一辈子就靠一项技能养家糊口，好像他们的人生从未跟财富关联，他们起早贪黑，总是辛勤地谋生。那时候太关注五光十色的生活，好像所有的手艺人都显得与时代脱轨。人们更为新产品和新科技着迷，停不下来，渐失初心。很多手艺失传或者不精了，要么被工业化取代，木匠做活儿全凭电锯、电刨子、射钉枪、万能胶。

有段时间，我以为手艺人消失了。慢慢观察，我们其实还确确实实活在充满手艺人的世界里，享受着他们带来的好。"写作是一门手艺，与其他手艺不同的是，这是一门心灵的手艺，要真心诚意；这是孤独的手艺，必须'一意孤行'。每个以写作为毕生事业的手艺人，都要经历这一法则的考验，唯有诚惶诚恐，如履薄冰。"这是北岛文章里的一句话，我反复地读着，感受着，也思考着，什么才是真正的手艺人。

我想，靠着一项技能吃饭的人，也不能完全称作手艺人。即使能掌握相同的技艺，不同的人也会给我们带来不同的感受。我想，世上无非两种人——商人和手艺人。商人是在出售产品，把手艺当作产品来生产。

手艺人是专注的，得抛开一切地去钻研技艺。有些手艺讲究的是童子功，要在习艺所里刻苦而单调地磨炼；有些手艺，真的要在经历了岁月后才能真正地感受到其中的奥妙和精髓。手艺人，内心是以手艺为美的，也将手艺看得至为崇高。

年纪越大，我越知道当个手艺人的好，只用打磨自己，只用做好分内之事；无须讨好，无须谄媚，无须看人脸色。古人说：无须黄金万贯，只需一技傍身。做个堂堂正正的手艺人，更理直气壮，心安理得。

在上海认识了一位名叫若谷的手艺人，先是被他做的酸梅汤打动，没想到有缘认识他并知道了他的手艺故事。"若谷"取自《道德经》"旷兮其若谷"，讲的是胸怀旷达如高山深谷，是一种接纳，是包容。若谷总是穿着最舒适的棉麻衣服，戴着一副圆形玳瑁眼镜，人如其名，用现代的心做传统的事，把传统的物用现代的手法来诠释。若谷是个木讷的人，跟着老师学《道德经》，师兄们在分享感悟的时候，他只是傻傻地笑，老师说他是"讷于言而敏于行"。

"做肥皂适合我"，那个过程就是一种入定的状态。花3个月的时间来浸泡草药，换来萃取了精华的油脂。花几小时甚至半天时间来搅一锅肥皂，换来45天的等待。45天静静地等待，喃喃地对它们说话，或许是种交代。做肥皂让他的心安定下来，看着它们从油脂被慢慢搅拌、入模、裁切、盖章，最后成为手上的那块肥皂——是它们的沉淀，也是他自己的。

秋天的时候，我们拿到了若谷的桂花糖露。桂花在秋天盛放，但其实他的桂花糖露前前后后花了整整一年的时间制作，用时间沉淀，让味道醇厚。对于大自然来说，这不过是一次四季的轮回，但对于他来说，是手艺人的耐心和等待。前一年用古法将桂花秋天的味道保留下来，和以5月的青梅与海盐，咸甜交错。桂花需要精心挑拣，去除花托、花梗、树叶、甲虫等，再用海盐进行腌制，以去除桂花的苦涩，最后与梅子酱混合，使得桂花的甜腻变得柔和，富有层次。最后完成的糖桂花，若谷用一枚朱红色的封蜡封存住透亮的玻璃瓶了里。所有青梅的酸、盐卤的咸、砂糖的甜、桂花的香，都隐匿在了他双手捧着的那方天地里。

我去南京的随园书坊拜访设计师朱赢椿老师，他让我觉得手艺人宛如诗人，每件作品都是一首诗。诗就是要有感而发，有话要说，有情要表达，绝不能虚情假意。他说自己像蚂蚁一样忙，却像蜗牛一样慢。他在做的不是用来收藏的珠宝，也不是毫无情感的机器，而是贴近人内心的东西。

城市里的手艺人弥足珍贵，因为他们除了要打磨技能，还要对抗浮躁的社会，这一切全靠自己的意念。我不知道自己是否还来得及做一个手艺人，我是如此渴望拥有一门可以与外界交流的手艺。

我后来明白，我羡慕的不是手艺本身，而是专注于手艺所带来的宁静，是手艺人细腻优雅的生活方式。

（摘自《读者》2015年第1期）

春暖心安

林 紫

今年春节，我做了一件特别的事：带着电脑、纸笔和孩子，连续7天采访家中长辈，记录下长辈弥足珍贵的记忆和可以传世的智慧。而采访的线索，来自母亲生前的日记。

母亲写道："我常想念儿时的故乡，它太讲卫生了。每天，天蒙蒙亮，各家各户就开始打扫了，还会连街道也一起扫了，不需要别人来分派任务……每年一开春，就开展爱国卫生运动，全城出动进行彻底大清扫，整座小城焕然一新……我们的小学校是孩子们喜欢的地方。每学期，学校都会组织学生旅行或露营，我们从旅行、露营中学到了课本上没有的知识和本领，在欢乐中健康成长。学校每学期会有大型文艺会演，童话剧《森林中的宴会》《狼外婆》等全都深深地刻在我的脑海中，所以，我当老师以后，也给我的学生编排了许多童话剧。到了中学，除了学数理化，更丰富的活动内容是种菜，那时学校花园都变成了菜地，每个班都分到不少地。课外活动时，我们会去菜地拔草、捉虫……"

我将这段文字读给舅舅听，舅舅频频点头，说："我们小时候，连大门门框上都摸不到一丁点儿灰。学校活动特别多，物理、化学实验也没有一个被省略的，学校还特别重视劳动课，鼓励每个班种菜，每个学生都争先恐后，没有一个偷奸耍滑的。我后来当知青'上山下乡'，所有农活都难不倒我，就是因为学校实实在在教会了我很多。"

我竖起大拇指说："好'奢侈'的学生时代啊！难怪您和妈妈经历了那么多磨难，身心还那么健康！"

舅舅说："学校教育就是该让学生先学会做有血有肉的人，掌握基本的生存技能，培养健康的生活情趣，而不是让学生变成读书的机器。"

我一边记下舅舅的话，一边总结道："教育的本质是让孩子们健康成长，让孩子们安心，让孩子们有信心过好这一生，而不是让他们在自己的人生刚刚开始时就失去生活的兴趣。"

舅舅接着我的话说："是的，安心很重要。今天正好是正月初七，是传统文化中的'人日'，老祖宗们特别重视这一天，因为从正月初八'谷日'起，人们就要开始新一年的忙碌了，所以'人日'这天人们通常不出远门，在家收心静气。在有些地方，人们还会吃一碗'拉魂面'，把散乱的心神收回来。"

回到教育的话题。假如学校和家庭能够使更多的孩子懂得万物互联的道理，彼此关心，在生命与自然面前保持谦卑与敬畏，那么，这个世界真的会越来越好。

春暖心安，或许是我们能够给予孩子们以及这个曾经为我们所伤的世界，最诚挚的歉意和最真实的疗愈。

（摘自《读者》2021年第16期）

放任飘洒，终成无畏

刘 同

小五是我儿时玩街机游戏最要好的玩伴。

他总是问我，为什么我总有克制他的方法，为什么我掌控游戏手柄那么熟练，感觉不需要思考一样。

我反问他："你输那么多次，正常人都气急败坏了，为什么你的心态还是那么好？"他说是因为小时候他常和别人打架，打输了回家还哭，不是太疼了哭，而是不甘心才哭。他爸又会揍他一顿，然后教育他有哭的工夫不如好好想一想为什么每次打架都输，面对才是赢的第一步。

我说："你玩游戏只是兴趣，而我靠的是专注。"

那时大多数高中生以为人生只有一条大路，两个人稍微有一些共同爱好，就觉得我们是这条路上的唯一同伴。我和小五任何话题都一起聊，一起上学，一起放学，下课一起上厕所，晚自习分享同一盘卡带。连暗恋女同学也要商量好，你暗恋那个好看的，我就暗恋好看的旁边那个不怎么好看的。

高考前，小五放弃了。他说反正他就读的学校只是一个包分配的专业学校而已。而我也在滚滚的洪流中找到了所谓的救命稻草——如果高考不努力，就得一辈子留在这个城市里。

有人拼命挣脱，终为无谓。

有人放任飘洒，终成无畏。

我考到了外地，小五留在本地。原以为我们捆绑在一起的人生路，似乎也走到了分岔路的当口儿。

就读前，老同学约出来给彼此送行。几瓶酒之后，我们说大家仍要做一辈子的好朋友。借着酒意，我和小五去游戏厅又对战了一局，我胜得毫不费力。回家的路上，他双眼通红，一句话都没说。

那时申请的 QQ 号还是五位数的，电子邮件毫不流行，BP 机太繁琐，手机买不起，十七八岁的少年之间都保持着通信的习惯。小五的信我也常接到一些，薰衣草为背景的信纸，散发着淡淡薰衣草的味道，上面的字迹潦草，想到哪写到哪，没有情绪的铺陈，只有情节的交代，一看就是上课无聊，女同学们都在写信，他顺了一页纸凑热闹写的。我说与其这样写还不如不写，他却说凡事有个结果，总比没消息好，哪怕是个坏结果。

有一天，他的信上写道："我让女孩怀孕了，她找了个小诊所，医生没有执照，女孩大出血，没抢救过来。她的家人找到学校，我读不了书了，你不用再给我写信了。"这是他写过的最有内容的信，言简意赅，却描绘了一片腥风血雨。

我打电话去小五宿舍，他已经离开了，所有人都在找他。他已决意放弃学业，留给别人一团乱麻，自己一刀斩断后路。

再见小五是两年之后。同学说有人找我，我看到小五站在宿舍门口，对着我笑。

"你还好吗？幸亏我还记得你的宿舍号码。"小五比我淡然。

"哇靠，你没死啊？我还以为你死了！妈呀，你居然……"我激动得话都说不清楚，冲上去搂着他，眼里飙的全是泪。不搂死他，简直对不住这些年为他流露过的悲伤。

"我们一直在打听你的消息，这两年你到底去哪儿了？"

小五嘿嘿一笑，说他绝对不会无缘无故消失的，也许两年对我们而言很长，对他而言，不过是另外一个故事结束的时长而已，他一定会回来的。

两年前，从学校离开之后，他登上了去广东的列车，又怕女孩家人报警，就去了广东增城旁边的县里，在一家修车厂做汽车修理工，凭借脑子灵活、手脚麻利，很快就成了厂里独当一面的修理工。每个月挣着两千左右的工资，他都会拿出几百寄回家，自己留几百，剩下的以匿名的方式寄往女孩的父母家。一切风平浪静，小五以为自己会在广东的小县城结婚生子。有一天，他突然看到了女孩家乡编号的车牌号码出现在厂里，司机貌似女孩的哥哥。他想都没想，立刻收拾东西逃离，就像当年他逃离学校一般。

坐在学校路边的大排档，我给他倒了一杯酒，先一饮而尽。他苦笑了一下，也不甘于后。我说："你放开喝吧，大不了我把你扛回去，你睡我的床就行。"

没人知道这两年小五是怎么过的。喝酒之前，我本想约他去打局游戏缓解尴尬气氛的，可余光瞟到他的手已经变得完全不同了，指甲不长，却因为长年修车堆积了很难清洗的黑色油污，手背上有几道疤痕，他说是被零件刮伤的。他说其他学徒补车胎只会冷补，他是唯一能熟练给车胎热补的人。

就像我不懂冷补车胎与热补车胎究竟有什么不同，他也不懂为什么我学中文的却立志一定要去做传媒。我们彼此都不懂对方选择的生活，但是我们会对彼此笑一笑，干一杯，然后说："我知道你干的这事并不仅仅是热爱，而是专注。"

酒过三巡，小五比之前更沉默。我说："你已经连续两年给女孩家寄生活费了，能弥补的也尽力在弥补了，你不能让这件事情毁了你的生活。"

小五没有点头，也没有反驳。回宿舍的路，又长又寂寞，小五说："还记得读高中时你问我，为什么每次我失败之后总会问对方取胜的理由，我的回答是，面对才是赢的第一步。你说得对，无论如何，我不能再逃避了。"

时间又过了大概一周，凌晨一点，宿舍的同学们都睡着了，突然宿舍里的电话铃声大作，我莫名地感觉一定是小五给我打过来的。

"同同，我去了女孩家。"小五的声音带着疲惫透过话筒传了出来。

我屏住呼吸，蜷缩着蹲在地上，想全神贯注听清楚小五说的每一句话。

"她还在，没死，也没怀过孕，那是她哥哥想用这个方法让我赔钱而已，听说我转学之后她很后悔，一直想找我，但一直找不到……"话说到一半，小五在电话的那头沉默了，传出了刻意压抑的抽泣声。

"你会不会觉得我特别傻？这两年一直像蠢货一样逃避着并不存在的事儿。"

"怎么会？当然不会。"我说不出更多安慰的话。

只是生活残忍，所以许以时间刀刀割肉。十七八岁的时候，一次格斗游戏的输赢不过三分钟的光阴，而小五的这一次输赢却花了人生最重要的两年。

我说："小五，你不傻。如果你今天不面对的话，你会一直输下去。面对它，哪怕抱着必输的心情，也是重新翻盘的开始。你自己也说过，逃避的人才是永远的输家。"

"同同，我输了两年，终于在今天结束了。心有不甘，却无以为继。你说，我的下一场战役需要多久才会有结局呢？"

那天是2002年10月16日，秋天，凉意很重。

之后十一年，小五再也没有回过家乡，我们也鲜有联络。高中同学聚会的时候常有人问起："小五在哪儿，你们知道吗？"

没有人知道，大家都在叹息，觉得他的一生就被那个虚伪的谎言给毁了。我什么都没说，诚如我和小五的对话，有的战役三分钟有输赢，有的战役两年才有结局，有的战役十年也不算长。对于小五而言，一个懂得面对的男人，下一次出现，一定是带着满脸笑意，与我毫无隔阂，仍能在大排档喝酒到天亮，在游戏厅玩到尽兴，称兄道弟的那个人吧。

"逃避，就一直是输家。唯有面对，才是赢的第一步。"这句话真好，十七岁的小五这么说。

给人生一个间隔年

戚泽明

五年前的一个晚上，我在陪父母饭后散步的路上，小心翼翼地跟他们说，我要休学一年去参加"小鹰计划"。这是一个青年发展项目，是把青年送到乡村基层去体验一年，从而让他们读懂真正的中国。

你难以想象我父母听完这话之后的震惊反应。为什么呀？第一，休学在当时看来并不是一件光彩的事；第二，我的经历跟我的同学有点不一样，因为我小学留级一年，中学又留级一年，如果参加"小鹰计划"，大学还要留级一年，也就是说，当我拿到本科毕业证时，我的同龄人都在读博士了。最重要的是，就像《致我们终将逝去的青春》里陈孝正说的，我的人生不能够有一厘米的误差。

找寻内心真实的热爱

从小到大，我要努力考最好的小学、最好的中学，然后上最好的大学，上完之后还要找最好的公司去实习，接着去找最好的工作。你难以想象，大一暑假我就拿着一份简历，去找一家"世界500强"企业的总监，请他帮我修改简历，好让我可以拿着这份简历去找一份很好的实习工作。但我从来没想过，我做的这一切是不是出自我内心真正的热爱，这个社会好像也从来没有把热爱作为一项指标。

我的高中是在河北衡水中学度过的，这是一所神奇的学校。对于这所学校，我充满了感恩，但对那样的日子真的谈不上热爱。为了高考，那样的日子我可以忍三年甚至四年，但忍得了三十年、四十年吗？如果我从象牙塔走向社会，我所从事的工作并不是自己真心热爱的，那每天的感觉不就是做噩梦吗？

所以，我跟父母说出这样的想法，我要停下来想一想，什么是我真正想要的。我参加了"小鹰计划"，开始践行一场属于自己的间隔年。"间隔年"是一个舶来词，在年轻人中很流行。青年学子在踏入社会之前，先进行一场长途旅行或者做一做公益工作，让自己能从不同的维度来观察这个社会。

湖北恩施土家族苗族自治州建始县三里乡河水坪，我非常努力地把这一串拗口的地名记下来：我要在这里待一年，完成我的间隔年。这里有中国第一家新农村综合发展协会，它的使命是探索乡村治理的新思路，我要在这里做一年志愿者。

每天早上，我从猪叫声中醒来，然后开始读《大学》、读《论语》。我每周都会组织乡村电影院给村民放电影，每个月还会去村民家走访，偶尔还给孩子们上课，我在这里的生活就是这样。

这是一个完全不一样的环境。在这里，没有人会逼着你找一份体面的工作，没有那些盲目的攀比让你心中失去方向。在这里，我才真正地找到了安宁。找到安宁之后才能够真正地去探索，什么是发自内心的热爱。

其实，我大概知道我喜欢什么。我为什么要去衡水中学读书呢？就是因为我在初二的时候看了一场衡水中学"十佳班长"的竞选演讲，那场演讲带给我非常大的震撼，我当时就下定决心要去衡水中学读书。真正到衡水中学读书后，每一次十佳班长的竞选，我们班长的演讲稿都是我帮他设计的。

我不是班长，没有资格去演讲，但是每一次班长竞选，我都会给自己写一份稿子：如果我是班长，我会怎么说？我非常喜欢听讲座。大概在2013年的时候，互联网上几乎已经很难找到我没有听过的讲座了，所以，演讲是我的兴趣，是我的爱好。

但是这种演讲又跟我内心的认知不太一样。为什么呢？我更多是从内容出发的，所以我不太像一个传统的演讲培训师，而是更接近演讲撰稿人的角色。

把内心的热爱变成事业

2014年3月的一天，我在办公室里看 TED 演讲，当时我满脑子想的都是如何把 TED 的形式放到乡村里。可是当我听到隔壁办公室传来的全是网上那些相声节目的声音时，就把这个想法给放弃了。

乡村并不适合演讲这种看上去高大上的活动，相声这类形式可能更适合乡村。所以我做了一场实验：我买了一身大褂，一个惊堂木。我穿上大褂，拍响惊堂木，开始给大家讲评书。

你们知道我的观众是谁吗？就是那些最调皮的孩子，他们每天放学之后给我搞各种恶作剧，可是当我讲起评书的时候，他们都认真看着我，我从他们的脸上看到了两个字——满足。

那些路过的村民经过路口的时候也会停下来，我能听到他们的笑声。当我讲完评书，那个最淘气的孩子走过来跟我说："胖子（当时我比较胖），你什么时候再给我们讲一次故事呢？"

当他问出这个问题的时候，我立马有了顿悟的感觉。用讲故事的方式去做演讲撰稿人，这是我的兴趣，是我发自内心的热爱。

但是，找到了自己热爱的东西，就可以把它变成一生的事业吗？好像不行。就像你可能知道自己的兴趣是美术或者音乐，但依然选择了一份体面的工作。怎么办呢？最终，我考虑的是内心的热爱。

用讲故事的方式做演讲撰稿人，以前从来没有过。也就是说，有一个机会摆在我面前，我可以开创一个行业，这简直是千载难逢的机会。30岁之前这事干不成，可以从头再来，我输得起，为什么不做呢？

我刚来北京的时候，创业市场非常火。有一个创业者找到我，我看了一下他的项目，还是很不错的。但是他没有任何逻辑，甚至没有任何故事，而且他从来没有经历过那么大的场合。

我帮他调整了逻辑，加了故事，还帮他做好了PPT。但是我还不放心，所以陪着他整整训练了一天，然后看着他战战兢兢地走上讲台。那是我第一次看到别人紧张，我也很紧张，甚至比他还紧张。

结果还不错，他从一万个团队的竞争中拿到了全国第一。这是我人生中的里程碑事件，我的第一个客户拿到了全国第一，而且是从一万个团队当中拿到的全国第一，这极大地增强了我的信心。更重要的是，它完善了我的业务模式，我开始为有公众表达需求的人提供演讲稿设计、PPT设计和培训的一站式服务，而且这个演讲稿设计一定是带有故事思维的。后来，我重新给这个职业命名为"演讲设计师"。

按照正常逻辑，当我确定了演讲设计师的方向之后，我的人生之路就应该朝着那个方向去走，但当时我才上大四。在人们的一般认知中，要给企业CEO做演讲辅导，最起码也应该像电影《国王的演讲》里的教练一样资深吧。所以当时我做了一个"加速"年龄的决定，在24岁时拍了一张42岁般的照片，从此在互联网上，我就是一个42岁的中年大叔形象。后来，我一直沿着这条路线走到了今天。

记得"小鹰计划"的负责人李佳琛有一次问大家："你上一次热泪盈眶是在什么时候？"我仔细地想了想，当我从事的工作是自己发自内心真正热爱的时候，热泪盈眶是我的常态。我的客户都是有故事的人，他们的故事让我感动，跟有故事的人去探讨他们的故事要如何讲述，每天都会刺激出无数的多巴胺。

在现实的世界里，我真的通过一个人生的间隔年找到了自己的热爱，并把这份热爱变成了自己的事业，我很幸运。我觉得我可以，你也可以。

（摘自《读者》2021年第2期）

用故事讲科学的"北斗女神"

祖一飞　吴　婕

　　在一间10平方米大的会议室里，36岁的徐颖试图用身边的案例说明一个问题。她晃了晃自己的国产手机，说："总有人觉得自己没用过'北斗'导航，但其实很多手机里都有。"

　　看着杯子里泡的枸杞，她又联想到"北斗"在智慧农业方面的应用。这位"80后"博导、中科院光电研究院最年轻的研究员在2016年的一次演讲中"火"了，她用脱口秀的形式为"北斗"做了科普。演讲视频播放量超过2000万次，《人民日报》点赞称："科普需要更多徐颖。"网友们称她为"北斗女神"。

　　几年时间过去，徐颖仍频频出现在公众面前科普"北斗"。她还同杨利伟等人一起，被聘为科普中国形象大使。

用故事讲科学

"科研人"徐颖带着一丝神秘。一开始，徐颖给人的感觉是"高冷"。她回答问题很简短，通用"嗯"和"对"来结尾；慢慢地，她放松下来，开起玩笑，大笑时，露出两排牙齿。

徐颖说，她选择做大众科普，并非有意为之，而是偶然走上了这条路。

几年前，她听到过关于卫星导航系统的一个说法：美国的 GPS 系统是正版，俄罗斯的"格洛纳斯"是高仿，欧盟的伽利略系统是低仿，中国的"北斗"充其量只能算购物网站上"九块九包邮"级别的产品。

这样的误解让徐颖意识到，横亘在科研工作者和普通人之间的那道屏障必须被打破。

2016年5月，徐颖应邀参加中科院举办的"格致论道"公益讲坛。她以《来自星星的灯塔》为主题，就自己参与研发的"北斗"系统做了演讲。

她拿《鲁滨孙漂流记》举起例子："假设一个人漂流到孤岛上，如果选择 GPS，他只能知道自己在什么位置，无法通知别人来救援。如果他用的是'北斗'，他就既可以知道自己在哪里，又能把自己的位置发送到方圆几十、几百甚至上千千米之外。"

作为"北斗"系统研发的直接参与者，徐颖脸上透着满满的自信："相信我，如果你选择了"北斗"定位系统，你很快就可以在救援船上和你手持 GPS 的小伙伴说再见了。"

靠这场演讲，徐颖走红了。

"北斗女神"大于"996"的日常

直到今天，徐颖还是不太习惯"北斗女神"这个标签。在2018年的一次演讲中，徐颖开场便解释道："作为一个求实讲真的科研工作者，我非常清楚我的颜值离大家的称呼还有极大的差距，"对于如今泛娱乐化的社会形态，徐颖觉得存在即合理，"但很多东西确实不在我感兴趣的范畴"。

相比之下，科研工作者看起来高不可攀，令很多人望而生畏。徐颖明显感觉到，光鲜亮丽的偶像能吸引更多年轻人的注意力。通过科普活动，她希望能让科学走下神坛，走近大众。

有媒体报道她时曾写道，调查数据显示，正在上小学的孩子们对于未来的职业规划，"明星和偶像"占到很大的比重，而"成为科学家"的荣誉感似乎已经消失得无影无踪。

徐颖记得这篇报道，她说："在我们小的时候，科学家是挺有荣誉感的一份职业，我还是希望以后的孩子们至少也有这种认知，虽然他们将来不一定都能成为科学家。"

徐颖小时候也梦想过成为科学家。中学时代，她是标准的好学生，学习成绩常年排在年级前十名，理科成绩尤佳，她经常受到老师夸奖。徐颖的母亲是数学老师，父亲在农技站工作，两人很少干涉孩子的选择。

在按部就班的成长过程中，徐颖对未来的人生没有太多设想，本科专业"信号与信息处理"也是她自己选的，她并不了解自己将来会做什么。直到大学毕业，考入北京理工大学硕博连读，深入接触了"北斗"卫星导航系统，她才明确了自己的职业方向。

那时候，她对"北斗"两个字有着很高的荣誉感，看到有人用"北斗"或者夸"北斗"，都会不自觉地兴奋。

进入中科院工作之后，徐颖主要负责接收机、信号体制等技术方面的工作，同时主抓一些科研项目。

能力提升的同时，压力也在增大。最近几年，徐颖出现了脱发和失眠的症状。

每天早晨，徐颖习惯在7点起床，在不堵车的情况下，从家到单位需要40分钟左右。为了节省时间，她一般会买点包子在路上吃，8点30分之前赶到单位，开始一天的工作。

天天泡在实验室里，面对一大堆数据与程序，徐颖也会觉得枯燥，但"从事这个行业本身就是这样，一定是经过一段时间的寂寞和耕耘后，你才能得到想要的结果"。

前几年，徐颖常常工作到凌晨，次日睡在办公室也是常有的事。最近两年，她尽量避免这样的情况。到了周末，徐颖的博士生王文博经常能在院里看到她，"她基本上每个周末都来加班"。

相较于"早上9点上班，晚上9点下班，一周工作6天"的互联网从业者，徐颖觉得自己有过之而无不及。她说："科研工作一定比'996'的时间更多，我们没有要求'996'，但一定会超出这个时间。"

既是"严师"又是"师姐"

工作压力大的时候，徐颖的调节方式是"吃点好的，买点贵的"。考虑到时间有限，更直接的方式是喝奶茶，她调侃这样的生活是"靠奶茶续命"。偶尔有空逛街，她会直接去买喜欢了很久的衣服和首饰。

平时在办公室，徐颖的茶杯里不是枸杞就是茶叶。最近一段时间，她开始和同事讨论养生问题。"我也在反省，还是应该每天花一小时去锻炼，走走路也行。"

实际上，徐颖的时间很难挤出来。平时忙于工作，周末不在加班，也会被各种活动和会议占满。整个4月，基本上每个休息日她都在出差。"这个周末要去合肥开会，下个周末在长沙参加航天日的活动，之后还要去杭州开会。"

在完成科研任务的同时，徐颖需要担任一名硕士生和一名博士生的导师。她带过的学生中，有的只与她差三四岁，和她是同龄人。

在董奥根眼中，徐颖是一位严师，该批评的时候她绝不嘴软。前段时间，他因为没有按要求调整论文研究方向，被徐颖批评了一顿。没多久，徐颖发来新的修改思路，还向别人打听他的状态，她觉得自己当时过于严厉了。

"被批评才能认识到错误。"董奥根的论文最多的一次修改了8个版本。在徐颖那里，错别字甚至标点符号用错都是不被允许的。

在生活上，王文博看到的是一个接地气、"和大多数科研人员没有什么不同"的徐颖。王文博评价，徐颖没有导师的架子，找学生帮忙会很客气，"抛开师生这层关系，挺有实验室里大师姐的感觉"。

平时，徐颖十分关心同事们的感情状况。她乐此不疲地给年轻姑娘介绍对象，遗憾的是还没有介绍成功过。让董奥根印象最深刻的，还有导师徐颖的"夺命三问"——有没有和女朋友分手？为什么还不分手？不知道谈恋爱会影响科研吗？这份幽默，让董奥根意识到，科研人也可以很有趣。

工程师史雨薇几年前曾和徐颖一起去旅游，如今，她已经很少看到徐颖有假期。让史雨薇感动的是，工作再忙，徐颖也不会忘记关心身边的同事。史雨薇说："有一段时间项目组科研工作繁重，听说一位女同事掉头发，徐颖悄悄给她买了灵芝丸子。"

没有不适合做科研的性别

在国家级科研机构工作，除了团队的氛围，徐颖更看重的是荣誉感。"我还是希望能做一点国家需要、对人民有用的东西。"谈到一些朋友跳槽创业，徐颖笑称自己不走的原因是没有人用高薪来挖她。玩笑过后，她还是坚持一个观点：钱很重要，但理想是比钱更重要的东西。

曾经，一名女生来参加研究生面试。虽然对卫星导航了解不多，但她提出的一个问题让徐颖决定留下她。"我就想知道卫星为什么挂在天上不掉下来？我觉得这是一件特别酷的事情。"从她身上，徐颖看到了成为科学家的一个基本素养——对未知世界的好奇。

博士毕业找工作时，徐颖曾遭遇过性别歧视。在一家企业面试时，一名男性面试官表示女生不适合做科研，徐颖听完立即顶了回去："没有不适合做科研的性别，只有不适合做科研的人。"

后来，徐颖在演讲中提到这段经历，直截了当地指出："我们并不以性别来判断一个人是否适合做科研，用性别判断和用星座判断一样，都是没有科学依据的。"招生时，她更在意学生的学习态度是否踏实。

在工作中分配任务时，徐颖也不会根据性别去划分，而是根据每个人的特点和强项去分配。她不认为男生就一定思维开阔，女生就一定细致、有耐心。

但身为女性，徐颖还是能感觉到性别在社会层面的差异。"很多人觉得男生只要工作好就行了，女生还是要多花一点时间在家里。"

看到微信朋友圈有人转发"如何在把工作做好的同时把家庭和孩子照

顾好"，徐颖会评论"不要那么为难自己，你做不到的"。她认为人的时间是有限的，花在一件事情上的时间多了，花在另外一件事情上的时间就一定会少，没有必要给自己提那么高的要求。

同样的道理也适用于科普这件事。走红之后，徐颖希望有更多的科研工作者站出来，而不是只有几个明星式的人物。"一方面，每个人的时间和精力是有限的；另一方面，对于超出我的研究领域的东西，我确实不了解。"

徐颖也有被难住的时候。在参加科普活动时，曾有小朋友问"世界上第一颗人造卫星叫什么名字"，徐颖答不上来，只好告诉他"我回去查一下，查到了再告诉你"。还有学生问她怎样看待中医，让她哭笑不得。

这些经历，徐颖回味起来会觉得有趣。她认为，科普必须确保讲出来的东西是正确的，是权威的。如果一个人什么都讲，在某些方面就不见得正确。"从我自己的角度，会觉得科学普及是一种社会责任。"

除了参加活动、做演讲，徐颖也有过写科普书的想法。徐颖喜欢《三体》系列的第二部，看到黑暗森林法则，会不自觉地起鸡皮疙瘩。

"如果没有当科研工作者，我有可能会成为写小说的。"徐颖认真地说。

（摘自《读者·庆祝中国共产党成立100周年特刊》）

归来仍是少年

晨 夕

"知乎"上有人这样评价朴树的歌：

那些安静地坐在办公室里的人，那些在厨房为三岁的女儿调辅食的人，那些在陌生的机场等待延误航班的人，那些悄悄走到阳台偷偷点起一根烟的人，会在副歌响起的刹那回到自己人生中最无畏的年华。

他们停下手边的事情，望着窗外的阳光或者雨滴。

想起一个人的温柔和背叛，想起一个梦想的升起和破碎，想起至今自己最受万众瞩目的那一刻，想起声嘶力竭也唤不回来的离别。

有人可能会哭起来，也有人会面无表情。

1

朴树原名濮树，出生在一个知识分子家庭。父母都是北大的教授，北大教授的孩子正常的成长轨迹应该是：北大附小—北大附中—北大—出国。

可在小升初那年，朴树因为0.5分之差和北大附中擦肩而过。

那0.5分之差，仿佛是朴树的宿命。后来回忆起多年抑郁症的根源，朴树说，就是从那0.5分开始的。

朴树有个哥哥叫濮石。当年濮教授给濮石买了一把吉他，濮石上大学时把吉他留在了家里，这把吉他就成了朴树的玩伴。也是从那时开始，朴树爱上了音乐。

初中还没毕业，朴树就跟父亲说："音乐比我的生命还重要。"

初中毕业之后，朴树跟父亲说"不想上大学了"，想做一名音乐人。濮教授愤怒地质问："北大教授的儿子不上大学？"

无奈，朴树豁出命考上了首都师范大学。收到录取通知书那天，他对父母说："这是替你们考的啊，我不去了。"

后来在父母的循循善诱下，朴树总算去读了大学。大学的时光是无聊且漫长的，多数时间朴树都躲在宿舍里，睡觉、弹琴和发呆。

大二的时候，他实在熬不下去了，就退学了。这在当时看来，着实是一种极为叛逆的行为。

退学后，朴树喜欢跑到家附近的小河边，弹着吉他唱歌，从太阳下山一直唱到深夜。

2

在家当了两年无业游民，一次母亲说："你是不是该考虑去端盘子？"朴树才意识到，自己该去赚钱了。

朋友知道他在音乐上有些天赋，就劝他写几首歌去卖钱，还把高晓松的电话给了他。

几经辗转，朴树找到了高晓松。

高晓松对朴树的试唱并没有多大感觉，但他还是从朴树的歌声中听到了一些才华。随即，他把朴树介绍给刚从美国回来的宋柯。

后来高晓松回忆当时的情景，说："我和宋柯认识多年，从没见他哭过，当时朴树抱着吉他唱《那些花儿》的时候，宋柯哭得一塌糊涂。"

几天后，朴树又唱了一首《白桦林》，宋柯又哭得一塌糊涂。

宋柯说，你不用卖歌了，干脆自己唱得了。为了签下朴树，高晓松和宋柯成立了一家唱片公司，取名为麦田。

高晓松这样评价当年的朴树："歌词特别诗化，嗓音又特别脆弱。他的歌就像朗诵诗一样，特别能打动人。"1999年，港台歌手一个接一个地涌入大陆，但这并不影响朴树走红。

他的第一张专辑《我去2000年》面世后，在唱片市场不景气的情况下，创造了50万张的销量。

千禧之年的街头巷尾，到处都是朴树的歌声。人们哼唱着《白桦林》的忧伤。

网吧的扩音器里、KTV的包间里、校园的宿舍里、容量不大的MP3里都是朴树的歌声，每个人在他的歌里，似乎都可以找到自己的故事。

性格沉闷的朴树，仿佛是一团火，燃烧了一代人的青春。

正如高晓松所说："朴树的创作靠的不是底蕴，而是燃烧自己。"

但名利的突然而至，同样带给朴树无尽的焦虑。

3

和那些喜欢聚光灯，喜欢被万人敬仰和瞩目的人相比，朴树注定不属于众声喧哗的娱乐圈。

他的内心单纯得像个孩子，他的人生观纯粹得像一汪清泉，容不下任何杂质。

2000年的跨世纪春晚，朴树也在受邀名单里，直到彩排时，他才知道要假唱。

这对追求极致完美的朴树而言，简直就像晴天霹雳。他拿着吉他，甩下一句"这个春晚我不上了"，就跑了。

最后，公司负责人打电话给他，劈头盖脸一顿骂："你知道尊重不？公司所有人都在为这事付出，你临时撂挑子，你不去，公司上上下下的路都被堵死了。"

放下电话，朴树号啕大哭。最后他还是去了，但那让他心里特别瞧不起自己。

除夕夜，朴树的父母坐在电视机前，看着面无表情的朴树，觉得他和那个五光十色的舞台特别违和。濮教授忍不住问妻子："他怎么一副别人欠他钱的样子？谁得罪他了？"

上了春晚，朴树火得一塌糊涂，各种商演纷至沓来。

虽然钱大把大把地飘进口袋，但朴树心里并不快乐，他失眠、焦虑、痛苦。人们无限向往的娱乐圈，反而成了他的人间炼狱。

那段时间，朴树经常一个人开着车跑到秦皇岛，坐在浪潮滚滚的海边，一根接一根地抽烟，再连夜跑回来。

白天他是到处上节目的艺人，晚上他是全世界最孤独的人，整夜整夜睡不着觉。

很长一段时间，他拒绝写歌。直到2003年，他才发行第二张个人专辑《生如夏花》。

这张专辑的名字出自泰戈尔的《飞鸟集》：生如夏花之绚烂，死如秋叶之静美。

当时许戈辉看到专辑的名字时，特别愤怒，泰戈尔的诗在她眼里神圣不可亵渎。但当她看到歌手的名字是朴树时，那种愤怒消失了。

等她拿到专辑，看到那几行字——"在蓝天下，献给你，我最好的年华"的时候，突然有一种感动涌上心头。

惊鸿一瞥般短暂，像夏花一样绚烂。这是一个多么美丽又遗憾的世界，我们就这样抱着笑着还流着泪。

（摘自《读者》2019年第10期）

江湖棋客

莫小米

他是个野路子棋手，无门无派，无招无式，只身闯荡，一剑封喉。除了下象棋时，平常在人群中，他单纯、木讷。

我从体育记者同事的笔下认识了他。

大约五六岁时，刚刚识得几个字，见县城路边一大群人围着，就挤了进去。棋子上的"马"啊、"炮"啊，有认识的，也有不认识的。到第三盘的时候，什么样的子该走什么样的路，就都弄清楚了。第二天还跑到老地方看，没过几天，就和一帮棋友混熟了。

攒了几毛钱买本棋书看，看了就出去练。一年之后，小屁孩打遍县城无对手，就到市里去下彩棋。五元一盘、十元一盘地下，有时输到连吃饭钱、回程的车钱都没有，只能饿着走回去。棋艺，就是这样逼出来的。

因为下棋，他的少年时期还算风光，拿过县、市、省级的冠军。

初中毕业后，跑水上运输的父亲让他到船上帮忙。他对水上漂的闲散生活很满意，唯一不满意的就是没人下棋。当船停在某个码头，父亲到岸上去联系运输业务，一去十几天，他就跑到城里的棋友家下棋，从白天杀到黑夜，心里想，要是父亲一直联系不到业务，该多好啊。

家里兄弟姐妹多，一个姐，四个哥。二哥、四哥以前也在船上给父亲帮忙，埋怨父亲分钱不均闹翻了。父亲去世后，大哥为房子又和母亲闹翻了。他一时找不到工作，就跑到街上跟人下棋打发时间。年过三十，母亲张罗着给他相亲，很多次，均无果。

家里待着没劲，他就离开了，跑到有棋下的地方，租个房子单过。没有比赛的日子，每个月回一趟家，看看母亲。

本来觉得下棋单纯。可这几年，全国各种公开赛、个人赛多了，奖金也多了，乌七八糟的事情也多起来，各种让棋、买棋、默契棋，半公开地做。而他坚持不做，只想专心下棋。有所谓的"大师"偷偷跟他商量让棋，他偏把对方赢了。故而圈子里很多人都不敢用他，怕他难管，砸场子。

还好江湖之大，此处不留爷，自有留爷处。

他是个独行侠。比照绝大多数人所过的朝九晚五、理财还贷、养家糊口的呆板日子，他活得自由、单纯、缥缈，有点儿冷清，有点儿无奈。

无须看人脸色行事，便无须低头折节、违拗自己。也不太需要通人情世故，只在棋盘上与人刀刃相见，心计与诡术虽也是要的，但不用来对付人，便简单许多。

江湖泱泱，一个人走。江湖棋客，淡漠了人间。

（摘自《读者》2018年第3期）

离开"四大"开面馆

郭江陵

大学生卖猪肉、当环卫工人的事，媒体已报道多次，但其中的一些解读总不大能令人信服。

一天晚上，女儿提议去她学姐开的小店吃日本拉面。

吸引我前往的不是日本拉面，而是面馆老板——原白领小灰和原"四大"（普华永道、德勤、毕马威、安永四大世界著名的会计师事务所）员工 Ivy。

出了地铁，步行约10分钟，穿过一条紧邻主干道的美食街，折进一条飘着酒香的小巷，便望见了几个稍大的门店中间体量明显偏小的"秘制豚骨拉面专门店"。

这店显然是由一间小套商品房改造而成。虽然装修风格简约素雅，但还是显得逼仄：宽约5米，长至多10米，用长条吧台隔出操作间，只够容纳10余人用餐。

而就这么个"螺蛳壳"，一年租金要20万！

我知道，开小饭店都很累，每天一大早要去买原、辅材料，各个环节都要盯着，赚得真是辛苦钱。面店老板干的甚至比员工还要多——除了操作间的两个师傅轮班掌勺，店里的其他活儿都是老板亲自上阵——顾客进门后，递上菜单、介绍产品、送上茶水、端去饭菜、吃完结账、收拾碗筷、打扫餐桌。如果是高峰时段，老板恐怕一刻都不得闲。

"不仅辛苦，钱挣得好像也不多嘛。"看着价目表，我在心里暗暗盘算：每天卖中午、晚上两餐，就算卖100份，每份平均45元，共4500元，每年按360天算，毛收入160万。扣除房租、水电气费、两个师傅的工资、固定资产折旧、原辅料成本，剩余也就人均10多万吧。

听起来似乎比工薪族强，但这可是一年到头一天不歇的收入啊！

而且不论严寒酷暑，都有这样稳定的收入吗？小姑娘耐得住这样的寂寞吗？况且在"四大"干过，不觉得有落差吗？

女儿告诉我，Ivy曾说过，网上有个帖子《我为什么离开"四大"》，与她的心境颇为相似。

我上网查了一下，此类文章果然不少，概括起来，主动炒"四大"主要有这么几个原因：

"四大"不错，但确实还有很多其他的机会。

"四大"的产品、制度都比较成熟了，更多的是需要人去适应，而不是让人去创造。

在"四大"，没有选择同事的自主权，而与志同道合、性情相投的人共事，无疑是快乐的。

知道自己能胜任"四大"的工作，但还想知道自己能不能经受更大的挑战。

想升职、挣更多的钱，可以在"四大"干；想做自己喜欢的事，则要另选。

我们去这家面店时，Ivy 不在。我抽空问小灰："几个月干下来，感觉怎样？"

"还好。在公司干几年，就知道一辈子是啥模样了。喜欢自己做饭，出来闯闯看。"

"家里的态度呢？"

"相信我的判断和能力吧。我父亲年轻时也有过开饭店的想法，更能理解我的选择。"

离开"四大"开面馆，有人可能觉得是一种资源浪费，Ivy 她们以前学的知识对现在的工作果真没用吗？

小店的许多经营细节都表明，并非如此——

店名选用繁体字，从内容到形式都给人丰富的联想。

专门定制的餐具简朴大方且有民族特色。

不做早市。因为，"早晨来的顾客一般都是老人，而老人不大能接受我们的价位"。

价格偏高，是因为真材实料。比如，汤底使用筒骨、猪脚、蔬菜等熬制10至12小时，不加一点味精。

公众号的制作青春活泼，富有感染力。

有人申请做加盟店，姑娘们并没有答应，想等所有材料和程序都规范化、可复制后再推广，确保质量可控。

我是个粗线条的人，吃饭不习惯细嚼慢咽，但女儿为我点的双笋樱花虾拉面真的令人惊喜——

笋片脆嫩鲜甜，显然用料、制作都很讲究。

一片肥瘦均匀的叉烧，入口即化，没有通常的干硬。

面条里的虾其貌不扬，乍一看还以为是虾皮，实际上是日本出产的"樱花虾"，300多元一斤，肉饱满，味鲜美。

一碟绿豆芽看似没啥技术含量，但也颇能显示择菜的用心：一般粗细，不见一点豆壳、根须或色泽发黄的部位。

一个切开的鸡蛋不知怎么掌握的火候：蛋白十成熟，蛋黄却只有五成熟，口感香滑。

毫不夸张地说，如果不是担心"吃相难看"，我会把汤全部喝完（离店后才得知，在一些面碗的碗底藏有"免单"二字，需要喝光面汤才能看见）。

所有这些，哪样与她们的知识积累及文化修养无关呢？

更重要的，也许她们自己都没意识到：离开"四大"开面馆这个决策本身，也是过去多年学习的结果——这些知识已经形成系统并要求作出独立的识别和反馈，把它们重新整合，运用和融合到自己未来的生活和事业中。

总之，离开"四大"开面馆，有挑战、烦恼，也有乐趣、成长，其中的得失非金钱可以衡量。

（摘自《读者》2018年第17期）

两代故宫人

李 扬

1978年冬，21岁的单嘉玖走进故宫，从头学起，成为一名书画修复师，这一干就是40年。如今，她已是我国顶级书画修复师，当之无愧的"大国工匠"。

她的父亲单士元（1907—1998）与故宫的缘分，更具传奇色彩，有人将之概括为："溥仪出宫，单士元进宫。"1924年，清逊帝溥仪出宫，民国政府成立"清室善后委员会"，17岁的单士元应聘为"善委会"查点物品的书记员，从此，他的一生与这座宫殿紧密相连。从最初的档案整理，到中华人民共和国成立后主持故宫全面大修，直至耄耋之年还在为故宫恪尽职守，他被尊称为"看护国宝的国宝"。

单士元先生在故宫工作了74载。如今，单嘉玖也已经退休，但是她仍谨记父亲对她的教诲，兢兢业业为故宫修复书画、培养书画修复人才。

父女两代人用自己的生命时光守护国宝，续写着故宫的历史。

薪火相传两代人的故宫缘

走进故宫博物院文保科技部的书画修复室，外界的声音似乎都消失了，仿佛有一道天然屏障，将不远处的故宫开放区里日均6万游客带来的喧嚣都屏蔽了。在这里，时间停留在每一个不急不躁的细节上，停留在与文物同频共振的呼吸中。修复师们手上有最精准的老手艺，看似轻盈的动作，却是经过千万次练习后达到的精准与稳健。

单嘉玖留着温婉的齐耳短发，身着白大褂，工作中的她专注而内敛，同时透着一种"手艺人"特有的细心、耐心与严谨。墙壁上，是她刚刚耗时4个多月修复完成的清代宫廷画家周本的山水画贴落。在她身旁，几个年轻的修复师正一丝不苟地修复着养心殿的隔扇芯。他们都是她手把手带出来的徒弟，单嘉玖时不时俯身查看，给予指导和建议。尽管已退休两年，但是她依然如往常一样，一件接着一件地修复书画，因为太多的书画在等待她的抢救与修复。

在故宫从事书画修复长达40年，至今她耳畔犹会回响起父亲当年的谆谆教诲："故宫的文物是几千年中华文化的结晶，这些文物永远会被人们珍视、传承下去。你做的这份工作是一件非常伟大的事，把文物完整地传下去，你要跟师傅好好学，这不是一朝一夕的事，是靠经验去完成的事。"

父亲语气中透出的对故宫的热爱，至今仍深深印刻在单嘉玖的脑海中。"紫禁城里的一砖一瓦、一草一木都饱含着父亲的深情厚爱。从17岁进入'清室善后委员会'，到经历故宫博物院从成立到成长的所有风雨跌宕，父亲在故宫度过了74个春秋，可以说无论在工作上还是感情上，父亲都与故宫博物院融为一体了。"她说。

在故宫里，单士元先生感受过祖国的风雨沧桑，也见证了中华人民共和国成立后走向振兴与富强。

单嘉玖记得父亲曾经说过："我这一生看过五种旗帜在故宫飘扬——大清的龙旗，孙中山辛亥革命的五色旗，国民党的青天白日旗，日本的'膏药旗'，还有中华人民共和国的五星红旗。我只爱共和国的五星红旗！"

单嘉玖一直生活在父亲身边，照顾父亲的生活起居。她说，每天父亲都比她更早到故宫。"我父亲一辈子早已养成一种习惯，只要不出差，每天一定要在故宫里走一走、看一看，直到90岁时还天天来故宫转转。"

单士元先生曾说，故宫作为明清皇宫，一砖一瓦都是不可再生的历史遗物，要用历史的眼光来认识与研究。"父亲走遍了故宫的每个角落，每当发现维修中的垃圾，一定要好好检视，只要发现有价值的构件，包括残砖碎瓦、颓梁断木，都会加以保留。即使拆下来的破顶棚他也会认真检查，如果发现夹层中有乾隆高丽纸之类的宫廷旧纸，会让图书馆的同志前去采集，以备修书之用。"

单嘉玖始终铭记，父亲在得知她要从事书画修复工作后，对她郑重嘱咐："修复文物不能玩文物，只要触犯这个底线，就会产生私心。这是咱们家的家规，你一定要做到。"父亲的教诲，单嘉玖始终不敢忘。甘守清贫的她从未涉足过文玩市场，40年来，始终如一地静心修复着每一件国宝文物。她退休后，曾有公司付很高的报酬请她去帮忙，被她谢绝："是故宫培养了我，我只给故宫干活，给故宫培养徒弟，外面的事一概不参与。"

"修复文物不能玩文物"，也是文物专家单士元先生一生恪守的原则。他从不收藏文物，从不以商业目的为别人鉴定文物。他生活朴素节俭，曾笑言自己是"三穷老人"，即穷学生、穷职员、穷教授。他说："故宫处处是历史，件件是文物。对于鉴定文物，我并不反对其重要作用，但单纯以货币价值定高低，那是古玩商人，而不是文物工作者。"

"每当有人问我，父亲对我的影响是什么？我首先想到的不是父亲做了什么，而是他的师辈们对他的影响。故宫博物院是在军阀政权的不断更迭中艰难地诞生和成长起来的。我常听父亲忆起陈垣、庄蕴宽等先生。他说，当时这些先生在故宫工作，一无工资，二无津贴，他们没有私利和私心，有的只是保护祖国文化遗产的觉悟与正直的人生态度。"

单嘉玖说："父亲对师辈始终有一种深深的崇敬，这几乎成为鼓舞他一生的力量。他传承了这种精神，这种精神也影响着我。"

父亲始终坚持"修旧如旧"原则

"父亲一辈子最看不够的是故宫宏伟的建筑。"单嘉玖说，父亲曾经谈到他开始研究古建筑的原因，那是20世纪30年代，他在北京大学读研时，听陈衡哲教授在西洋史课上讲道："中国建筑有独特的艺术风格。可惜的是，外国人写的世界建筑史中，从来不提中国建筑艺术，因为他们不懂，也因为我国缺乏专业人员从事研究，因此被人瞧不起。"这番话对他触动很大，在强烈的民族自尊心驱使下，他立志在建筑领域刻苦钻研。

1954年，文化部文物事业管理局局长郑振铎找到建筑学家梁思成，请他推荐一位能够管理故宫古建筑的专家。梁思成说："用不着我推荐，故宫现在就有一位——单士元。"于是，经郑振铎局长推荐，故宫博物院吴仲超院长委任单士元先生主持古建筑维修保护管理。此后，单先生将自己的余生全部贡献给了故宫古建筑保护事业。

"不住人的房子容易坏，面对如此庞大的建筑群，从什么角度入手、确立一个什么样的保护方针尤其重要。"

为此，单士元先生确立了"着重保养，重点修缮，全面规划，逐步实施"的十六字方针，并且始终坚持"修旧如旧"的原则。所谓修旧如旧，是指不改变原建筑的法式与结构，这一极具远见卓识的指导方针，至今仍然是维护故宫古建筑的基本原则。

1958年下半年，一项繁重而紧迫的大修故宫古建筑的任务布置下来，要求赶在1959年10月前完工，以崭新的面貌迎接中华人民共和国成立10周年，全面领导规划这次大修的就是单士元先生。

头一项大修任务是，对太和殿及其四庑崇楼等脱落残损的彩画重新彩绘。但是，一个突出问题是，太和殿与太和门外的檐彩画是民国初年准备称帝的袁世凯所为，不但与清代原有彩画极不相称，更不能作为这次重绘的依据。在查看文献资料后，他决定按清康熙三十六年（1697年）重建后的太和殿外檐彩画重绘，做到内外檐彩画一致，恢复康熙时期的原状。他找来原故宫内的老工人，还特别聘用了原京城南城九龙斋画店掌门画工何文奎，及北城鼓楼文翰斋画店老师傅张连卿。在精工巧匠的修复下，不仅除去了残存在太和殿、太和门的袁世凯称帝时粗糙无章的外檐彩画，还重新恢复了康熙三十六年原有的和玺彩画，高质量完成了大修任务。

单士元先生注重古建筑人才的培养和挖掘。中华人民共和国成立初期，他特意挽留了被称为"故宫十老"的10位已超过退休年龄的杰出工匠，担任工作指导，按月付酬。在他的呼吁下，经文化部批准，将工匠队伍由临时工改为正式合同工，改变了春季招工、冬季歇工时工匠散去的旧制。作为带头人，他还大胆带领青年专业人员开展工作，先后主持了太和殿保养、午门修缮、角楼落架大修等重要工程，并培养了一批又一批古建筑专业人才。

虔敬之心修书画　口传心授教技艺

对古书画来说，好的修复师如同良医，修复一次，至少可以使其生命延长上百年。单嘉玖在故宫的40年中，数百件古书画文物经她的手得以延续生命。

中华人民共和国成立后，故宫的第一套书画修复班底在1954年组建起来，来自全国各地的著名书画装裱大师，集中修复了一大批故宫院藏的翰墨精品，单嘉玖的师傅、曾修复《五牛图》的孙承枝便是其中的一员。

"1978年冬，我结束了农村插队，那时故宫正在大量招年轻人，文物修复复制工厂要招两名古书画修复人员，我有幸成为其中一员，走进了故宫。"那时，单嘉玖对书画装裱修复一窍不通。第一天上班，师傅孙承枝把一沓纸往桌上一搁，上面放把马蹄刀，让单嘉玖把纸上的草棍、煤渣刮掉，还得保持纸张的完整和光洁，这一刮就是3个月。

"我从小受父亲影响，对长辈、文物都有一种敬畏感。那时候每天练基本功，也会感到枯燥乏味，但是师傅叫干就干，做针锥、削起子、修刷子，都得自己干。"单嘉玖回忆说。第二年进入一些品式上的学习，学做立轴、手卷、册页等等；第三年，才开始在师傅带领下进行简单的文物修复。"现在回想起来，磨刀刮纸不只是练基本功，也是磨你的性情。你得坐得住、静下心，不能毛毛躁躁。那一段经历确实让我难忘，后来总觉得这种磨炼非常有用。"

古书画通常分四层，一层画心、一层托心纸、两层背纸。修复过程中最难的是"揭"的环节，特别是托心纸，既要揭得干干净净，又不能使画心受损。因此，这是一个心血滴灌的过程，收起自己的个性，完全跟着古画走，如此才能"妙手回春"。

单嘉玖说，尽管现在有了仪器检测，甚至能精微到纸的纤维，但是修复的核心还是靠人的经验，清洗、揭背、托心、隐补、全色的过程全部依靠手工，耗时最长的需要1年，最短也要3个月。

"我们之所以被称为'画医'，是因为我们与文物真的很像医生和病人的关系。人病了，吃什么药、打什么针，取决于病体和病情。书画病了，怎么抢救、如何修复，则取决于作品的受损状态，而不是文物等级的高低。传世名作，由于历朝历代都是重点保护对象，受损的概率反而偏小，倒是等级较低，特别是流传于民间的藏品，由于受损原因多样，修复更难。"

单嘉玖完成过许多高难度的修复，其中让她最难忘的一次修复，是明代的《屠隆草书诗轴》。这幅诗轴纵208厘米，横96厘米，修复前十分残破，画心上纵向撕裂52厘米，画心与小托心之间出现空鼓，原残画心不同程度翘起。单嘉玖说，这件文物是中国古代"小托心"修复法的代表作，"小托心"与画心性质相同，不可再揭动，但是由于当初的补偿做法失效，必须重新整合。修复这幅作品时，需带糊大面积、多部位同时暗复，稍不留神就可能造成不可逆的损伤，因此整个过程如履薄冰。她埋头修复了整整10个月，最终，成功修复。

"只要东西还在，就得修，甭管破成什么样，也得一点点给拼好，有时都成了一团了也得给解开，这就是修复人的职责。"每修复一件具有挑战性的书画作品，她就会将过程与心得撰写成文，如今已发表近20篇论文。

作为国家级非物质文化遗产，中国书画的装裱修复技艺已有1700多年的历史，基本上靠师徒的代代传承。如今，单嘉玖也开始将自己40年来积累的经验传授给年轻人，她目前带了5个徒弟，每一个都是手把手从基本功开始教起。

由于常年弯腰俯身，故宫里上年纪的书画修复师，或多或少都有腰椎、颈椎问题，甚至胃病。然而，这里的不少"画医"都工作了几十年，退休了又被返聘回来，继续修复书画。

采访临近结束，笔者问，在书画修复领域，工匠精神有怎样的内涵？单嘉玖沉思片刻，认真地说道："工匠精神首先是热爱这份工作，对文物有敬畏之心，要有这种品质才能把事做好。如果对文物没有起码的尊重，就做不好这份枯燥的工作，尤其现在外界的诱惑非常多，敬畏之心是这个职业的基本素养。"

"故宫里这些古书画一代代传下来不容易，不能在我们手里给断掉，我们得继续传承下去，让子孙万代都能看到。"

（摘自《读者》2019年第11期）

我们为什么需要北斗

月落乌堤

2020年6月23日9时43分，西昌卫星发射中心，由中国自主研制的"长征三号乙"运载火箭，成功发射第55颗北斗导航卫星，这也是"北斗三号"组网部署的最后一颗卫星。卫星发射成功后，北斗全球定位系统组网卫星部署圆满收官。

一次偶然的发现

1957年10月4日，人类历史上第一颗人造地球卫星在苏联发射成功，标志着人类迈出太空探索的第一步。

这引起美国的极大震动。在美国马里兰州的约翰斯·霍普金斯大学，在由美国政府组建的物理实验室中，两名科学家对这颗卫星展开了连续的跟踪和监控。在对卫星的无线电发报机信号的追踪过程中，他们发现了一个苏联人忽略的物理现象——多普勒频移。根据多普勒频移，可以确定卫星的实时位置。

不久之后，美国向外界公布了苏联卫星的运行轨道。这一数据，作为卫星设计及发射的国家，苏联也未能精确计算出来。

1958年2月1日，美国在匆忙中将自己的第一颗人造卫星"探险者1号"发射升空，并在"探险者1号"卫星上，增加了一个无线电信号功能：导航。

1958年3月，一项"公交导航系统"的实验性项目，在物理实验室开展起来。原理就是既然通过地球上固定的点，可以计算出卫星的轨道、速度及方位，那么通过卫星，也可以计算出地球上某一个信标的轨道、速度及方位。

没有人能想到，全球定位系统竟发轫于美国对苏联卫星的监控。

1968年，美国军方的第一代卫星导航系统正式投入使用，这个名为国防导航卫星系统的项目，成为美国乃至全球卫星导航方面第一次伟大的尝试，这一尝试，拉开卫星定位及导航的序幕。

1973年，美国国防部召开了一次由12名（军方）各部门人员参加的内部会议，在五角大楼正式提出组建一个全球性的卫星导航系统，为方便引用及推广，又将之称为全球定位系统GPS（Global Positioning System）。这是美国航空航天史上，继阿波罗计划、航天飞机计划之后，第三大空间探测及应用计划，它持续、深刻地影响着世界。

一项伟大的发明

GPS是一项伟大的发明，它真正地让地球上所有事物之间有了准确的联系信息，让每一个静止的或者移动的物体，有了可以被捕获的方式及手段，并能与其他信号源产生联系，甚至共享实时数据。

但是，GPS在设计之初只是为军方服务的，直到1973年9月才由美国国会批准，改为"军民两用"性质。

民用信号为SPS，这一信号可供公众自由使用。由于GPS诞生的特殊背景，美国保留限制GPS信号强度，甚至关闭GPS信号的权力。GPS对提供给非军事用户的信号精度上，进行了一定的限制，在这一公开信号中，美国加入了SA码的干扰源，以降低GPS功能的精度。

2000年4月28日，克林顿政府签署命令，解除对SPS的SA码干扰，使SPS的精度，从之前的100米～300米，直接提升到1米～20米，人们自此得以真正享受到GPS带来的便利。

军用信号为PPS，这一信号，只有获得授权的使用者具备解码设备、密码及特殊信号接收机才能使用。PPS信号是整个GPS系统中最优质的部分，它能达到厘米级定位。为了保障PPS信号不被干扰，美国对GPS系统加入反电子欺骗技术，通过对PPS信号进行加密处理，防止PPS信号被电子干扰和非特许用户对精码进行解码。

中国人警醒

20世纪90年代初，海湾战争爆发，这场战争广泛使用了当时最先进的武器装备。战争表明，掌握电磁空间的控制权，对取得战争胜利具有重大意义。

GPS在战争中的作用，进一步刺激了中国的科学家。

1983年9月1日，一架大韩航空客机从纽约起飞，在经过苏联边境时，偏离航线，误入苏联的禁飞区。苏联在发出警告没有收到回应的情况下，将其击落，269人无一生还。

之后，里根总统签署总统令，开放发展了10年的GPS系统供民用。这对地球上每一个有志于研究卫星定位导航的国家来说，既是机遇，又是挑战。

这一年，北京跟踪与通信技术研究所所长、国家"两弹一星"科学家陈芳允提出一个有别于GPS系统的定位理论——双星定位通信系统，即通过两颗地球静止轨道卫星，实现区域性快速导航定位并兼有通信功能的定位方式。

1985年4月15日，GPS全球定位系统国际运用研讨会在华盛顿召开，中国受邀参加，出席本次会议的是后来成为解放军少将的卜庆君。会上，美国向所有与会者表明立场："在特殊情况下，为了保证国家安全，军方会采取三种措施应对紧急状况：第一，降低对方的导航精度；第二，随时变换编码；第三，进行区域性管理。"也就是说，美国对GPS系统有绝对的控制力。

会议结束，卜庆君回到北京，写了一份报告，阐述了两个重要观点：一要跟踪、研究、应用GPS；二要着手建立我国自己的卫星定位系统。

1986年，是中国现代科学发展史上最为重要的一个年份，就在这一年，形成了共和国历史上规模最为庞大的一个科研产业化计划——"863计划"。同时，"双星快速定位通信系统"技术方案形成。

但是，由于国内与国际时局的变化，这一项目被推迟了。

首先，反对者们认为美国有GPS，俄罗斯有格洛纳斯，中国没必要发展卫星导航系统，与他们合作就可以了。

其次，这是一个烧钱的项目。GPS到第二代组网完成，前后投资高达300亿美元。而格洛纳斯更是因为资金原因，一度停止更新卫星，只能提供区域性服务，在最为窘迫的时候，甚至不能维持基本所需。那么，中国的导航系统又要花多少钱呢？

第三，欧洲也在独立开发导航系统，完全可以选择与他们合作开发，分担风险和资金压力。

国际事件的刺痛

"银河号事件"是第一件刺激中国人的事情。

1993年7月23日，美国单方面宣称，驶往伊朗阿巴斯港的"银河号"中国货船载有制造化学武器的化学品，要求中国政府立即采取禁止措施，否则美国将按照其国内法制裁中国。在国际贸易中，货轮代表的是发出国，所载货物代表的是发出国与发往国的贸易主权。

8月1日起，美方派遣在附近巡游的航空母舰战斗群的驱逐舰、飞机对"银河号"近距离跟踪和低空侦察、拍照。

随后，美国将"银河号"的 GPS 信号中断，"银河号"被迫在公海漂泊长达22天。

1994年1月10日，国家批准"北斗一号"工程立项，北斗终于在提出设想10余年后得以立项。立项后，紧随而来的危机，加快了北斗的研发步伐。

2001年4月1日，一起震惊中外的事件发生，这就是"南海撞机事件"。

当天早上，中国在发现美国一架侦察机飞抵中国海南岛东南海域上空执行侦察任务后，派出两架歼-8Ⅱ歼击机进行合法监视并喊话。9时7分，在海南岛东南104公里处，美国军机突然转向，其左翼同王伟驾驶的战斗机相撞，撞击造成我方飞机坠毁，驾驶员王伟少校跳伞。王伟跳伞后，中国调动了超过10万人次进行了连续10多天的搜寻，最后没有找到。

反观1999年3月27日，南联盟击落美国F-117隐形轰炸机，飞行员泽尔科跳伞后，在南联盟首都贝尔格莱德附近40公里的农田里被救走。前来营救的，仅仅是一架美军A-10攻击机与3架MH-60G直升机，他们就是依靠GPS定位导航系统，精确地将泽尔科找到并救出。

走出第一步

2000年10月31日，北斗导航卫星01星发射；2000年12月21日，北斗导航卫星02星发射。从"双星定位通信系统"转变而来的北斗系统，终于初现雏形。这是北斗走出的第一步，"北斗一号"开始初步实施组网并提供服务。

"北斗一号"的成功发射，使我国成为继美、俄之后第三个拥有自主卫星导航系统的国家。

2004年8月31日，"北斗二号"正式立项，"北斗二号"并不是"北斗一号"的延续，而是全新设计的导航系统，为此专门向国际电信联盟申请了专属频段。

从2015年3月30日首颗"北斗三号"试验卫星入轨，到2020年6月23日第55颗北斗导航卫星成功发射，"北斗三号"全球卫星导航系统星座部署全面完成。

"北斗三号"提供的服务，在全球范围内，定位精度优于10米，测速精度优于0.2米/秒，授时精度优于20纳秒；在亚太地区，定位精度优于5米，测速精度优于0.1米/秒，授时精度优于10纳秒。

从1994年立项，2000年首星入轨，到2020年组网完成，中国在20年的时间里，发射了59颗北斗系统卫星，这在世界卫星发射史上都是罕见的。

过了九九八十一难

"一次次被逼到绝境，又一次次爬起来。"这句话是总设计师杨慧接受采访时说的。这句话，也是对北斗系统最真实的反映。

首先，频段方面，根据国际电信联盟的规则，卫星运行的轨道和信号频率在使用前必须提前申请，必须在申请通过后的7年内完成卫星发射入轨和信号接收，否则相关资源会被回收，且有"先申请，先获得；先发射，先占有"的规定。

2000年4月18日，中国申请的频段获得通过。这意味着在接下来的7年里，卫星必须发射升空并传回可接收的信号。

留给中国人的时间不多了，在"北斗一号"第三颗卫星发射成功，开始提供服务之后，中国选择与欧盟合作，共同推进欧洲版的GPS——伽利略计划。

根据预估，伽利略计划的资金投入为33亿欧元，中国应该出资约2.3亿欧元。钱付了，但中国的工作人员连伽利略计划的核心内容都不能接触。

2006年年中，为伽利略系统注资的政府社会资本共同体瓦解，欧盟委员会决定将伽利略系统国有化。随着欧盟委员会将伽利略计划收归国有，出于对欧美关系以及对安全与技术独立的考量，中国被踢出伽利略计划，中国之前的投资也没有得到任何回报。

2006年12月，中国重启被耽搁的北斗系统，并抢在欧盟之前，率先在2007年先后发射了"北斗一号"的最后一颗接续卫星和"北斗二号"首星。"北斗二号"首星的发射时间是2007年4月14日，从变轨到入轨到定点，已经是4月16日晚8时。监控大厅接收到从两万公里外的太空传回的信号并成功解析，此时距向国际电信联盟申请的频段失效仅剩4个小时。

借此，中国获得了国际电信联盟划分给中国的"北斗二号"系统的频段，这部分频段，正是与伽利略计划频段重叠的部分黄金优质频段。

绝境不止一次

发射"北斗一号"时，中国采用的授时原子钟是从瑞士进口的。当时，仅美国、俄罗斯和欧盟（仅瑞士）有原子钟。美国不可能出口原子钟给中国，俄罗斯自顾不暇，那么，中国的授时原子钟，只能向欧洲求助。

"北斗二号"立项后，中国试图继续从瑞士进口原子钟，结果瑞士不予出口。原因是"北斗一号"采用的是有源定位，只能民用，军用价值不大，而且"北斗一号"的实验意义更大。但"北斗二号"改为无源定位，这意味着跟 GPS 一样，是军民两用的产品。瑞士作为《瓦森纳协定》的缔约方之一，绝不可能出口高精尖产品给中国，用于可能军用的产品。

当时，中国在卫星搭载授时原子钟方面，技术几乎为空白。

用了整整两年时间，中国航天科工集团二院203所便突破了铷原子钟技术；之后，上海天文台自主研发了星载氢原子钟。也就是说，中国不同的部门，自主研发了不同的星载原子钟，而且精度比从欧盟进口的还要高。

北斗的突破，其实不只是单个器件的突破，还是整个系统和整个系统之下的产业链，甚至包括运载火箭的突破。

"北斗三号"卫星的使用寿命，从"北斗二号"的8年增至10年以上，其部件全部实现国产化，其中被限制进口的原子钟，性能更是得到极大的提升，精度已经达到1000万年差1秒，并且还有两套不同类型的原子钟可供选择。运力方面，2017年年底发射1箭2星，2018年发射9箭17星，2019年发射6箭8星，2020年发射3箭3星……不到3年时间，30颗卫星发射升空，完成组网。

浩瀚星空，北斗指路。古人借助北斗七星，找寻方位和星座；而今，借助北斗系统，我们踏上星辰大海的征途。

（摘自《读者》2020年第21期）

迈出这一步

张佳玮

在上幼儿园时的某个春天，我被母亲带到纺织厂，放在宽敞的仓库里。在山一般高的布匹中，母亲给我留下一堆从工厂图书馆里借来、售价3毛8分一本的连环画。在我还只能约略明白一些省份、河流和花朵的含义的年纪，图画拯救了我：它们是连贯的片断，连缀成一个又一个故事，可以与电视屏幕或现实生活交相辉映。

我识字之后，最初与我做伴的是《杨家将》《说唐全传》，还有《三国演义》《东周列国志》。白马银枪、辕门刁斗、沙场尘烟，成了我最初的幻想世界。每次读金戈铁马读得紧张了，我就抬头看看晴朗的天空，便将这种恐慌消解了。就这样，我读了《水浒传》《荡寇志》，然后再读金庸的武侠小说。小学毕业时，我读了李青崖先生译的《三个火枪手》。我本指望从中看到豪侠击剑，却被老版小说中的插图迷住。骑士帽、剑与酒杯、巴黎的旅馆与衬衣。于是，那一个夏天，我如蚕食桑叶，跟着线索读这本书。我也读了巴尔扎克的《高老头》，里面的拉斯蒂涅，年纪轻轻就想在巴黎当野心家……于是，我对兵戈剑侠的爱好，被欧洲的街道剪影取代了。

上高二时，我读了张爱玲的短篇小说《等》。这篇小说写在一个推拿医生的候见室里，一群姨太太在聊天。具体的情节我忘了，只记得结尾有一段对上海景色的描写，写一只猫缓缓走过。不知为何，读这篇时，我很想去上海。于是2002年，我去上海读大学。

从大一到大二，除了完成学业，我自己也写东西。那时我没多想什么，只觉得自己喜欢写东西，那就继续写吧。到2004年3月，大二的下半学期，我出了自己的第一本书。到2006年时，我读大四，出到第四本书了。大学毕业时，我不想找工作。等我知道单靠写东西养活自己很艰难时，已经是后来的事了。当时我想得很简单：反正我开支不大，也还写得出来，就继续写呗！

那些年，我在上海住着，房间的墙壁雪白。夏天我挂上莫奈的画作海报，冬天我挂上伦勃朗的画作海报——前者光影多变，后者幽暗深邃，分别适合在夏天与冬天挂。

也是2007年夏天，我决定去巴黎。一半原因是我读了海明威的《流动的盛宴》，另一半是因为小时候读大仲马与巴尔扎克的书所受的影响。我爸说："巴黎？我知道，巴黎圣日耳曼足球队嘛！莱昂纳多和拉易（两位巴西球星）都在那儿踢过球！"本来大学毕业一年后，我一个月写几篇约稿就够我的开支了，但为了攒去巴黎的钱，我开始增加工作量。从2008年到2010年，我还兼职在上海的一个频道做解说嘉宾。当然，我最初去做解说嘉宾，多少也是为了圆自己中学时给父亲吹的一句牛："将来，我要去解说篮球！"

2012年秋天，我去法国的领事馆面签。签证官问我："许多人年纪轻轻就出国读书了，你已经29岁了，这是为什么呢？"

我回答道："因为到29岁，我才攒够了钱，可以学想学的东西。"

签证官继续问："那你最初的动机是什么呢？"

我回答说："我读的第一本外国小说是《三个火枪手》，第二本是《高老头》。我到现在还记得《三个火枪手》里的所有情节，对《高老头》虽然不那么熟悉了，但我记得这两本书的主角，一个是达达尼昂，一个是拉斯蒂涅，都是年纪轻轻，就想去巴黎见识一下世界。然后，我喜欢的作家海明威写过一本书，叫《流动的盛宴》，写他在巴黎的生活。所以，我想去见识一下。"一个人年少读书时立下的愿望，会一直跟着那个人一辈子吧？

2014年，我去了莫奈与伦勃朗的故乡后，出版了莫奈和伦勃朗的传记：那是我当年在上海时就存着的心思。我跑去巴黎圣日耳曼队的主场看球，拍下拉易和莱昂纳多的海报，发给我爸爸看。

许多愿望与念头，都是这么循环往复的。

偶尔有人问我，做自由职业者是不是很自在、很开心，是不是特别轻松？并不是。世上的事，苦和累总得占一样。

做自由职业者，到后来大概都有这种感觉：小范围内，享有一定的自由，但也得承担一些风险；大尺度上，并不那么自由。因为自由职业者首先有自己养活自己的压力；即便不必为生活担忧，那么大多数自由职业者也都希望，能在足够短的时间内，更高效地完成工作，并收获快乐，不希望浪费时间。而这种不希望浪费时间的想法，会始终驱动着自己。所以，我知道自己有更多的可能性，知道自己境遇的起伏是和自己的认真程度相关的。甚至你越认真工作，就可能收获越多的自由。所以，自由职业者真正需要说服的，通常不是老板和家里人，而是自己。

回头看看我走的路，如果有什么教训，那就是：当暂时迷惘，不知道该怎么做，或者闲下来又有罪恶感时，那就去干活吧。不一定是写东西，可以是读书，可以是锻炼，总之，做点儿什么。

2014年，我开始跑步。通过跑步，我慢慢学会了许多东西。以前不跑步时，我会相信心情决定一切：心情抑郁了，一下午都不想动弹。跑习惯之后，再遇到这种情况，我会第一时间思考，是不是身体缺水？是不是坐姿不对导致的疲劳？是不是疲劳反过来影响了心情？跑步会让一个人成为唯物主义者。跑习惯了，你很容易就能明白，意志和情绪其实是受身体状况摆布的。

将这种思想应用到写作中，也是如此。

持续地跑步和写作，也让我明白：人的潜力是很大的。比如，我曾告诉自己：你可能以后每天都得写一两篇稿子。那时的我一定对这种念头瞠目结舌。但当你习惯了这种节奏，就像做力量训练，不断给自己增加难度，你就会发现，还好，还承受得来。

到巴黎的第6年，我还在写东西，顺便翻译了当初让我来巴黎的动力之一——海明威的《流动的盛宴》。现在想想，我人生的大多数转折，都跟所读的书有关系——其实许多人都如此，只是我还记得缘由罢了。读过的书，不一定都记得住，但会存在心里，在不知不觉间就改变了你的人生。

最初的念想在哪里生了根，多年之后，说不定就会在那里发芽。锻炼、读书、写作，包括每个人自己的活儿，只要是朝着那个方向做了，都不会白费。人生在世，非苦即累，一定会占一样。在艰难得不知所措时，踏出第一步，顺着惯性继续走下去，不要多想，走过一段，你多少就会成为一个新的自己。如果一直在原地发呆，那你永远是原来的自己，不能解决任何问题。

　　无论在任何惶惑的时刻，朝着自己喜欢的方向，迈出一步，试试看。

（摘自《读者》2019年第7期）

木 匠

于 坚

　　多年前，木匠还在昆明的大街小巷出没。木匠们总给我一种来自明朝的感觉，对我来说，明朝就是家具。明式家具的光辉穿越清朝和民国，一直刨花飞溅，直到我所处的时代才寿终正寝。其实我童年时期看到许多木匠做普通家具，那都是明朝的遗传，因为那种家具朴素、实用又妙不可言，有着民间立场。清式家具在民间流行不起来，因为烦琐富贵，隐喻太复杂。

　　如今越来越难得见到木匠了，所有的床都来自流水线，那不是床，是睡觉的工具。曾经家具还没有产业化生产，打家具这件事具体得很，木匠要深入每个家庭，不但要拿工资，还要住到你家里。那时候我正要结婚，买好了料子，就到街上去找木匠。我转了两条街，就看见木匠站在街口，已经撸起了袖子，仿佛从天而降。两兄弟，来自浙江绍兴，长得美好，英姿勃勃，神情像羊。信任感油然而生，满大街的陌生人，不信任木匠你信任谁，他们是森林边上的人。

　　那时候的人还不会漫天要价，这两兄弟要的工资我付得起，他们善解人意，要的工钱也就是够他们与雇主一样过着差不多的、有尊严的生活。说好了，就背起箱子跟着我走。我家当然没地方给他们住，新房只有一间，存上料子就占了大半，没有地方打家具的。我住的大院里有一个临时搭建的棚子，里面支着几张床和马扎。大家管这个棚子叫木匠房。两兄弟从另一处搬来行李，就在木匠房里住下来。我买的料子是柚木板子，松木方。我要打的是三门柜、床、书架、床头柜、桌子什么的，也就七八样。木匠说，要打一个月。

　　木料是我父亲在瑞丽买的，装了半卡车运到昆明。木匠看看我的料子，说这料子太硬，难改，但并不要求增加工钱。从工具箱里取出凿子，摆好磨石，将墨汁倒进墨斗，在板子上弹出一条线，这兄弟俩亮开膀子就锯开了，你拉我推，锯片迅速发热，锯末一堆堆吐出来。他们喜欢好木头。"这个料子好，这个料子好。"他们边锯边说。然后木匠房里开始倾泻刨花，木纹在板子上出现了，他们轻推一下刨子，重推一下刨子，让木纹显到最好看，真是神一样的人物。木匠与别的工人不同，他们得知道什么材料藏着美，刨薄了，木纹不现，刨过了，木纹消失。机器改木板与这种手工完全不可同日而语。并不多话，木匠房里只有刨木、凿木之声和阵阵溢出的树脂味，仿佛他们是在森林中干活。每天送饭给他们，他们从不挑食，有什么吃什么。

　　一个月后，那堆灰扑扑的木板已经成了一件件稳重结实、喜气洋洋的家具。早上给了工钱，木匠下午就走掉了，临走，还互相留下地址，没有留电话，那时候没有电话。这些家具，直到今天我家还在用，虽然式样远逊明朝的家具，但是耐用。经过"文革"，木匠们做家具已经没有多少想象力，长方或者正方而已，但耐用这一点，还是继承了。

有一年我经过澜沧江，那段江面有一座古桥通向县城，下面，澜沧江在石头间梳理着白头发。桥东有个木匠房，专做马鞍，过往的人们喜欢在这里歇脚。我也进去坐，我一拍照木匠大哥就笑。他说，来定鞍子的马帮越来越少啦。许多马帮杀掉马，改行了。再做一两年，他也不做了，回老家待着去。第二年，我再次路过，这个木匠房已经关了。过往的人没地方歇脚，就坐在桥边的石头上，看着江水。

我在故宫修房子

蒋肖斌

"你在哪儿工作？""大内。"当被人问起工作，今年刚刚30岁的吴伟总是憨笑着如此回答。

作为一个在故宫修房子的人，吴伟的工作内容之一是上房顶。

2013年10月，刚入职故宫博物院工程管理处的吴伟，第一次爬上了宝蕴楼的屋顶。因为过于兴奋，他忘了戴口罩，吸了满满一口百年老灰。

2015年4月，故宫博物院开工修缮大高玄殿，当时27岁的吴伟经过了宝蕴楼项目的锻炼，成为该项目的现场负责人。大高玄殿是故宫的一块"飞地"，并不在宫墙内，而在景山公园西侧，是明清两代皇家御用的道教宫观。吴伟站在大高玄殿的屋顶上，以前所未有的视角遥望紫禁城。时为秋季，红墙黄瓦，天朗气清。

"我学的是考古，若把古建筑当成一个未发掘的考古遗址，房子就是一个巨大的探方。我每天在房子里发现历史——这算屋顶上的考古吧。"

其实，学考古，不是吴伟的第一志愿。

2006年高考结束后填报志愿，吴伟并不知道自己喜欢什么，就随大流填了南京大学的法学系，结果分数不够，被调剂到了历史系。新生报到时，接他的一个学姐是学考古的。路上闲聊，吴伟好奇地问："考古学是做什么的？"学姐答："考古学很好啊，能到处跑，能看到新鲜东西。"

"我是一个无法安静坐下来的男生，好奇心比较强，深入了解考古学后，发现还真挺适合我的。"于是，在大一结束后，吴伟申请换专业，正式迈进考古学的大门。本科阶段学的都是基础课，到了研究生阶段需要选方向，吴伟想起了本科修过的一门课程"中国古代建筑史"，老师用考古的方法来研究中国古建，给他留下了深刻印象。于是，这个未来要去故宫修房子的男生，从这里开始了对古建筑的研究之路。

2013年10月，经过入职培训，吴伟参与了第一个项目——宝蕴楼。这是民国时期修建的一处存放故宫文物的库房，曾为咸安宫。故宫需要修复的古建，一般都是到了不得不修的地步。第一次走进宝蕴楼，屋顶在漏，地上摆着塑料盆接雨，吴伟有些心疼。

"古建修缮在动工之前要做勘察测绘、出方案，但中国传统木结构建筑是榫卯结构的，有很多隐蔽部位，在没拆开之前，很多信息你不知道。这就需要我们在现场根据实际情况不断调整、完善方案。"吴伟说。比如，宝蕴楼的咸安门，前期测绘时，一根柱子怎么测都比其他的短几厘米，打开屋顶后才知道，是因为柱头里面朽坏了。

作为新人，吴伟主要负责做记录，但他会给自己加活。咸安门的木结构拆开后，斗拱和梁架榫卯呈现在眼前，吴伟就自己爬上去测绘。一测就发现，这个构造特征是明代的，这在之前并没有明确记录。

吴伟并不上手具体施工，但他喜欢和师傅们聊天。"说来惭愧，刚来的时候，大家讲专业术语，如油饰的'一麻五灰'，瓦的'压七露三'，吻兽每个部位的名字，根据砖墙的缝隙就可以分出干摆、淌白、撕缝……开始我都听不懂。"在施工现场，吴伟一有不明白的，就请教师傅。

渐渐地，吴伟给施工方"找碴"的本事长了不少：比如，钉望板（又称屋面板，铺设于椽上的木板——作者注）必须用传统的镘头钉，不能用洋钉；毛坯砖需要砍制打磨，砍的过程必须手工完成，不能用机器……宝蕴楼完工后，吴伟来到了大高玄殿。由于长期被用作办公用房，宫殿年久失修。"我很幸运，这可能是我这辈子能遇到的最大项目，几个大殿要全部拆解，瓦木油彩画几个大项目都有涉及，锻炼十分彻底。"

在吴伟看来，古建修缮的理念十分重要。大高玄殿的后殿九天应元雷坛，曾在八国联军侵华时被烧毁了屋顶，只有斗拱以下是明代建筑，大木屋架是光绪年间复建的。那现在修复屋顶，是以明代还是以光绪年间的为准？

吴伟认为，如果没有那段被烧的历史，可以恢复到明代，但光绪时的复建，也是一段不可抹去的历史。"我们要防止过度修缮，不同历史时期的信息，能保留的都尽量保留。就算不能保留，也一定要记录下来。"

修缮过程中也常有一些有趣的发现。比如，打开九天应元雷坛的屋盖，吴伟发现，大木结构东西两边的榫卯做法截然不同，这说明当时可能有两个工程队在同时施工，各自传承的手艺不同，且互不妥协。

"我学的是考古，考古的一个重要理念就是透物见人——透过器物，看见古人的生活与文化、古代社会的变迁与发展。"吴伟说，就这样，他的眼前仿佛出现了当时的施工场景，工匠们在自己身边忙碌着，却隔了百年光景。

有时候，在故宫里走着，吴伟就想，古人在走这条路时，两边的建筑是什么模样。

吴伟每天上班单程需要一个小时，早上6点多起床，7点出门，早高峰时的地铁5号线把人挤得泪流满面。他笑着说："自己选的路，含着泪也要走下去，但我从来没有后悔过。在故宫，我的专业能力提升很快，学习和历练的机会也很多，不亏。"

吴伟说，他最喜欢的季节是秋天，北京的秋天从未让他失望过。

（摘自《读者》2019年第1期）

一辈子只愿做两件事

安 琪

这个"80后"北京男孩，不会用电脑，不会打游戏，也不会用新款智能手机。这些年来，他的生活只被两件事占据，一是画画，二是用卖画的钱做野生动物保护。

不懂高科技，更愿与自然为伴

为了去云南香格里拉拍摄野生动物，李理和同伴去买了十几万元的拍摄器材，突然他想起自己的手机坏了得买个新的，于是拿着相机走进手机店，"给我拿个最便宜的，能打电话、发短信就成。"最后李理买了一个300元钱的手机，老板直纳闷："您拿着这么贵的相机却买个300块的手机，真逗。"

不光对时尚手机不感冒，80后的李理对所有高科技的东西都敬而远之：不会用电脑，不会打游戏。但他对所有的拍摄器材都很精通，在野外能熟练地安装和使用这些设备。

李理于2000年创办的黑豹野生动物保护站到现在已经有了3个分站，他买了5辆车，有12位工作人员和64位正式志愿者。想成为他们的志愿者并不容易，需要4年以上的相关工作资历，若干小时的大事件参与经历，经过大量的培训和资格考试，才可以被正式批准成为志愿者，得到一套专业的美国丛林迷彩服。

所有的经费都由李理从卖画的收入中支出，除了在2010年得到一笔10万元的福特基金和2012年得到另外一笔基金资助外，他们没有接受过任何资助。福特基金的负责人告诉李理，他仍旧可以申请福特基金，因为他们对黑豹野生动物保护项目印象非常深刻。当年他们对这个项目的评价是："黑豹野生动物保护站运作很规范，志愿者、成员、站员在管理上都很正规，我们对核心成员保持一份敬意。"

李理说他不会再申请了，因为现在他的画卖得很好，资金来源已经不成问题，应该把机会留给其他有需要的组织。

撞了南墙还要把墙撞倒

李理5岁接触绘画，从此便痴迷上了。初中时，在他自己的坚持下，终于说服了父母同意他退学回家，专心学习绘画。之后，李理考上了西安美院附中，后来又被保送入西安美院。走自己感兴趣的路，这下能安分了吧？可不到一年，李理又做出一个决定：退学。

"我看到大二、大三的学生还在学我10岁以前学习的课程，我就想看来没必要在这里待下去了。"父母希望他好歹拿到大学文凭，毕业后好找工作。李理仍坚持己见。大学老师说他："人家是不撞南墙不死心，你是撞了南墙还要把墙撞倒继续往前走。"

小时候因为画画需要素材，加上贪玩，李理学会了各种捕鸟方法。退学回到北京后，一个偶然的机会他认识了著名环保人士郭耕，"当时郭老师拿着小喇叭给小学生讲课，讲环保。从他那儿我学到了尊重生命，不破坏自然环境。"之后，李理不但扔掉了自己的全套捕鸟工具，还一直想为保护自然环境做点什么，这个念头成就了现在的黑豹野生动物保护站。

刚开始几年，李理带着几名环保志愿者跑到北京房山区的山里、村里发传单，告诉当地人保护野生动物的重要性。但老乡们并不买账，"你们跑这么远的路来到我们山里，就给我们发几张纸，图啥呢？再说这些鸟净偷吃我们的粮食，为啥要保护它们？"

刚开始的确很难。家里人不理解，周围的朋友不理解，没钱，也不知道应该怎么做。去问别的做野生动物保护的组织，人家把他们当成瞎胡闹的小屁孩，根本不搭理。有时在大雪天，躺在帐篷里，一群人冻得缩成一团时，李理总会想："图啥呢？"

好在倔强的李理再次扛了过来，而且他发誓，要挣到足够多的钱，不让大家再这样落魄地做下去。

李理开始开店卖画，后来又成立了工作室。出人意料的是，他的画很受肯定和欢迎，"我真没想到，原来钱这么好挣。"后来他又一股脑开了3家店。资金有了，李理为队里不断添置设备：相机、专业镜头、摄像机、监测系统、巡护系统等，保护点也一个个建成，并在各个保护点派人24小时看守，又请来专业人士做培训。

从郊区一日游到专业化管理

2007年，李理和他的黑豹野生动物保护站"找到了组织"，加入了国际野生生物保护协会（WCS）。这个协会在全球64个国家展开工作，黑豹作为该协会在中国的一个下属支队，主要负责北京乃至全中国的野生动物保护、调查研究、拍摄记录、宣传考察、救助等工作。李理说，能被WCS"收编"并不是件容易的事，对方看重的是他们的专业性和这些年来对野生动物保护始终如一的热情。

对黑鹳的保护是李理从保护站创建伊始就一直在做的项目。"我们的工作目标是保护拒马河当地的标志性种群黑鹳。"在他们的守护下，濒临灭绝的国家一级重点保护动物——黑鹳的数量从原来的三四只增长到了41只。

中国首例扬子鳄放生、东北虎调查研究、追踪西藏藏羚羊迁徙、宣传保护神农架的金丝猴和云南的大象……都是他们做过的项目。

李理现在的团队成员很固定，每次跑野外都非常辛苦，但团队中没有一个人喊累。大家工作多年没有拿过一分钱报酬。成员中有6位毕业于农大、林大。组织中的分级管理方式和志愿者考核办法是李理在12年的实践中一点点摸索出来的，也借鉴了不少国外模式，"曾经我这儿的志愿者流动性很强，很多人把这儿当成了郊区一日游，耗费了我们不少精力和时间。现在进来的门槛高了，反而队伍很稳定。"李理说。

想好咱再领结婚证

李理一年中有半年是在山里的保护站度过的。所以在结婚前，李理就给妻子打了"预防针"。

他们在一次拍摄活动中相识，女孩中戏毕业，两人交往顺利并自然地谈婚论嫁，在准备领证的前一天晚上，李理告诉女孩，他想和她好好谈谈。

"我告诉她，我的后半生将会是这样的：首先我是个没工作的人，我不挣有数的钱，也不会去上班。其次我今后的生活和野生动物保护分不开，我的收入大部分会用到那上面，交给家里的钱顶多占20%。最后我可能不会有太多时间陪你，黑豹工作站和画画会占据我大部分时间。"女孩微笑着点头答应，这本是她意料中的生活。"成，那明天去领证。"李理放心了。

婚后的生活平静而幸福，李理有空的时候喜欢去菜市场，那里的人都知道这个年轻人一来就会买很多菜，把后备厢塞得满满的。团队在野外工作时拍的视频他不敢给妻子看，在悬崖峭壁上拍摄，虽然有英国的专业老师培训，但毕竟有危险。在家时，妻子在楼下忙着自己的工作，李理就在楼上的画室创作。这时的他，字古山，号木月，是个职业水墨画家，他还给他的画室取名"野兰堂"。

十几年来，李理投入到野生动物保护上的钱已超过200万。现在3个保护站每月的常规支出至少要6000元钱。李理说，他从来不买名牌服装，也没有其他奢侈的爱好，有时间就喜欢在野外树林里、田野上走走，觉得心里很踏实，生活很美好，"很多人问我有什么长远的规划，我说没有，我的目标就是黑鹳数量继续上升，它们还在我的头顶盘旋，天鹅还能跟我这么近地在一起睡觉，我就觉得很幸福了。"

（摘自《读者》2015年第11期）

泥斑马

肖复兴

家里大院的大门很敞亮，左右各有一个抱鼓石门墩，下有几级高台阶。两扇黑漆的大门上，刻有一副对联："忠厚传家久，诗书继世长。"虽然斑驳脱落，却依然有点儿老一辈的气势。在老北京，这叫作广亮大门，平常的时候不打开，旁边有一扇小门，人们从那里进出。高台阶上有一个平台，由于平常大门不开，平台便显得宽敞。王大爷的小摊就摆在那里，很是显眼，街上走动的人们，一眼就能够望见他的小摊。

王大爷的小摊，卖些糖块儿、酸枣面、洋画片、风车和泥玩具之类的东西。特别是泥玩具，大多是一些小猫、小狗、小羊、小老虎之类的动物，都是王大爷自己捏出来的，再在上面涂上不同的颜色，活灵活现，非常好看，卖得也不贵，因此，很受小孩子们欢迎。有时候，放学后，走到大院门口，我常是先不回家，站在王大爷的小摊前，看一会儿，玩一会儿。

王大爷望着我笑，任我随便摸他的玩具，也不管我。如果赶上王大爷正在捏他的小泥玩具，我便会站在那里看不够地打量，忘记了时间。回家晚了，挨家里人　顿骂。

我真佩服王大爷的手艺，他的手指很粗，怎么就能那么灵巧地捏出那么小的动物来呢？这是小时候最令我感到神奇的事。

王大爷那时候50岁出头，住在我家大院的东厢房里。他很随和，逢人就笑。那时候，别看王大爷小摊上的东西很便宜，但小街上人们的生活也并不富裕，王大爷赚的钱自然就不多，只能勉强维持生活。

王大爷老两口只有一个儿子，但是，大院里所有人都知道，儿子是领养的。那时，儿子将近三十，还没有结婚，是一名火车司机，和王大爷老两口挤在一间东厢房里。小摊挣钱多少，王大爷倒不在意，让他头疼的是房子住得太挤，儿子以后再找个媳妇，可怎么住呀？一提起这事，王大爷就"嘎牙花子"。

那是我读小学四年级的时候，我之所以记得这么清楚，是因为正值"大跃进"，全院的人家都不再在自家开伙，而是到大院对面的街道大食堂吃饭。春节前，放寒假没有什么事情，我常到王大爷的小摊前玩。那一天，他正在做玩具，看见我走过来，抬起头问："你说做一个什么好？"

我随口说了句："做一只小马吧。"

他点点头说好。没一会儿的工夫，泥巴在他的大手里左捏一下，右捏一下，就捏成了一只小马的样子。然后，他抬起头又问我："你说上什么颜色好？"我随口又说了句："黑的！"

"黑的？"王大爷反问我一句，然后说："一色儿黑，不好看，咱们来个黑白相间的吧，好不好？"

那时候，我的脑子转弯儿不灵，没有细想，这个黑白相间的小马会是什么样子。等王大爷把颜色涂了一半，我才发现，原来是一只小斑马。黑白相间的弯弯条纹，让这只小斑马格外活泼漂亮。"王大爷，您的手艺真棒！"我情不自禁地赞扬起来。

第二天，我在王大爷的小摊上，看见这只小斑马的漆干了，脖子上系一条红绸子，绸子上挂着个小铜铃铛，风一吹，铃铛不住地响，小斑马就像活了一样。

我太喜欢那只小斑马了。每次路过小摊都会忍不住站住脚，反复地看，好像它也在看我。那一阵子，我满脑子都是这只小斑马，只可惜没有钱买。几次想张嘴跟家人要钱，接着又想，小斑马的脖子上系着个小铜铃铛，比起一般的泥玩具，价钱稍微贵了点儿，便把冒到嗓子眼儿的话，又咽了下去。

春节一天天近了，小斑马虽然暂时还站在王大爷的小摊上，但不知哪一天就会被哪个幸运的孩子买走，带回家过年。一想起这事，我心里就很难过，好像小斑马本就是我的，但会被别人抢去，就像百爪挠心一样难受。在这样的心理下，我干了一件"蠢事"。

那一天，天快黑了，因为临近过年，小摊前站着不少人，都是大人带着孩子来买玩具的。我趁着天色暗，伸手一把就把小斑马"偷走"了。我飞快地把小斑马揣进棉衣口袋里，小铃铛轻轻地响了一下，我的心在不停地跳，觉得那铃声，王大爷好像听见了。

这件事很快被爸爸发现了，他让我把小斑马给王大爷送回去。跟在爸爸身后，我很怕，头都不敢抬起来。王大爷爱怜地望着我，坚持要把小斑马送给我。爸爸坚决不答应，说这样会惯坏孩子。最后，王大爷只好收回小斑马，还嘱咐爸爸："千万别打孩子，过年打孩子，孩子一年都会不高兴的！"

就在这一年的夏天，王大爷要去甘肃。这一年，为了疏散北京人口，也为了支援"三线建设"，政府动员人们去甘肃。王大爷报了名，很快就被批准了。入院所有的街坊都清楚，王大爷这么做，是为了给儿子腾房子。

王大爷最后一天收摊的时候，我站在一边，默默地看着他。他也望着我，什么话也没说，就收摊回家了。那一天，小街上显得冷冷清清的。

第二天，王大爷走时，我没能看到他。放学回到家，看到桌上那只脖子上挂着铜铃铛的小斑马的时候，我的眼泪一下子涌了出来。

40多年过去了，王大爷的儿子今年已经70多岁了，他在王大爷留给他的那间东厢房里结了婚，生了孩子。他的媳妇个子很高，长得很漂亮。他的儿子个子也很高，很帅气。可是，王大爷再也没有回来过。难道他不想他的儿子，不想他的孙子吗？

40多年来，我曾经多次去甘肃，走过甘肃的好多地方，每一次去，都会想起王大爷，想起这个让我百思不得其解的问题。当然，也会想起那只"泥斑马"。

（摘自《读者》2015年第11期）

你可以成为另外一种人

六神磊磊

一

青年节，应景看了条视频，B 站的《我不想做这样的人》。作为"奔四"之人，我有些感触。

这是之前《后浪》的2.0版。去年是"前浪"向"后浪"喊话，这一次是"后浪"自己站上舞台发声，陈述自己不想成为某些样子的人。

包括不想成为"拿锯子的人"，非黑即白；不想成为随波逐流的人，毫无特点；不想成为隐形的人，良善缺失；不想成为浑身带刺的人，"杠"遍一切，等等。

里面的孩子，字正腔圆，意气风发，真像我少年时的样子。

看了之后，我有一些记忆被重新唤了起来，脑海里迅速地闪过一些影子。

那都是自己曾经不想成为的人。

二

先说一个身边朋友的事。

有一个自媒体圈里的朋友叫老徐。

很多很多年前，还未满20岁的老徐去媒体实习，成为一名兢兢业业的实习生。然后他就认识了一个自己"不想成为的人"，就是他的实习老师。

实习老师的工作是拉广告。和当时很多同行的做法一样，这位老师承包了报社的一个广告版面，上半版登软文，下半版登广告，然后利用自己在有关部门积累的人脉，主攻家具行业。

老徐也跟着老师一起活跃在各个家具厂和餐厅包间里，学着老师的模样，向老板们释放诱惑和威慑，与他们觥筹交错、斗智斗勇。

他也是在那个时候学会了抽烟。

在短暂的惊奇和新鲜之后，老徐迅速厌倦了这种生活方式，觉得这不大体面。他离开了岗位，打定主意，不想成为下一个实习老师。

这就是一个很常见也很典型的"不想成为那样的人"的故事。

三

我当然也有自己不想成为的人。

比如，我也曾在一家媒体实习，也有一位领导。他从"包邮区"来北京工作，平日有点爱炫耀，时常提及自己在老家有公司，有钱、有关系。

不久，我和他一起出差，从中关村打车去首都机场。打车原本是很简单的事，但他不要我打，而是自己在中关村某个巨大的十字路口旁一辆辆地拦出租车，还不肯打表，非要谈一口价。

大多数出租车都说打表，他表示不屑。和别人谈，又屡屡谈不拢，于是又得口角几句。

时间很紧，再拖延就要误机了。我拖着两只大行李箱，呆呆地看着西装革履的他在路口来去穿梭，只想说一句："咱打表吧。"

当时我就涌起来一个念头，我不想成为这样的人。

的确，这是小事，我也并不是反对节约。可我不想成为专爱绕过规则，并且在关键时刻不分轻重缓急，老想着占小便宜的人。

四

也有同龄人说：为什么又埋汰我们中年人。不是过青年节吗，怎么中年人又成靶子了？

每一个年龄段都有不可爱的人，但中年人似乎特别容易被针对。为什么？

是中年人皮糙肉厚，更扛得起？还是埋汰中年人比较安全，不容易招致反感——你都中年了，还不能被说几句？

我的主业是读金庸的小说。金庸笔下的江湖其实就是一个微缩社会，能窥见许多东西。毫无疑问，多数中年人是勤勉的、正直的。

天地会、红花会里的多数中年人，全真教、少林寺、丐帮里的中年人，还有其余大大小小门派里的中年人，他们或杰出或平凡，或闻名遐迩或默默无闻，但大都兢兢业业，恪守本分。他们是江湖能够运行和延续的主力。

而那些十分不可爱的中年人，数来数去，无非那么几种。

比如严重地言行不一的，像岳不群。他就属于"拿着锯子的人"，在谦谦君子的面孔下，大搞非黑即白之分，同门互斫。

又比如严重缺乏同情心的，像灭绝师太。徒弟叫以杀，亲朋可以火，从来不为自己流眼泪，也不会为别人流眼泪。

还有极度自私和贪婪的，像《雪山飞狐》里的闫基。为了获利，闫基不惜出卖无辜者和恩人，害死了大侠胡一刀。

我想，每一代年轻人大概都不想成为这几种人。

五

如果从反躬自省的角度去看上述这些人，你得承认，中年人的不可爱仍然是有一些特殊性的。

比如说，他们的坏，往往是深思熟虑之后的坏。

左冷禅、岳不群之流做坏事不是懵懂，不是冲动为之，而是极度现实的选择。

他们完全明白自己坏的后果，也知道别人要付出的代价。他们的坏，是明白了所有道理，却仍然拒绝去追随良善的坏。

岳不群本来是最明白"拿着锯子"的害处的人。他少年时曾被剑宗的师叔一剑劈在胸口，差点丢了小命，多年之后伤疤仍在。

他明明深谙撕裂、内斗的坏处，可是长大之后，他还是变成另一个"拿着锯子的人"。

这便会让人产生强烈的失望和崩溃感：你本应该更明白道理，但是你假装不明白。时光在你身上做了无用功，所起的作用甚至是负面的。

再回想前文里提到的我们不想成为的人。

老徐不想走他那位实习老师的老路，感觉那样"不体面"。

我也不想成为和那位"打表厌恶者"老师一样的人，也觉得不体面。

为什么中年人的"不体面"给人的感受特别强烈？

道理仍然是相通的，你已是中年人了，应该更体面，可事实上没有。

这里的体面并不是物质上、身份上的，而是指一份尊严和超脱。

六

并且，和青少年相比，他们能量更大，握持着更多的资源与实力。

作为江湖的把控者，他们一旦油腻，环境就会油腻。他们一旦在必要的时候隐身，很多人将会觉得无助。

读《笑傲江湖》，你会觉得五岳剑派很虚伪，待在里面特别压抑。

其实五岳剑派里优秀分子明明很多。仪琳、仪清、陆大有、米为义、向大年……都是热血的好人。

何以你仍然觉得这些门派虚伪？无非是因为中年的头头脑脑们虚伪，所以环境就虚伪，就压抑。

他们很难被反对。灭绝师太要做什么事，纪晓芙、贝锦仪们无法反抗。令狐冲不赞成师父的做法，就只能被逐出华山门墙。

中年人如果不答应，青少年很难把事情做成自己想要的样子。

金庸的武侠小说，某种程度上就是两句话。

一句话就是：我不想成为那样的人。

令狐冲不想成为岳不群那样的人，张无忌不想成为灭绝师太那样的人，杨过不想成为赵志敬那样的人。

而另一句是：你可以成为另一种人。

不要用上一代的方式去取代他们，不要用自己看不起的方法去获胜。你可以不一样。

岳不群虚伪，令狐冲就坦荡，不拿"锯子"，不非黑即白。灭绝师太刻薄带刺，张无忌就真诚宽容，正视仇恨，弥合纠纷。

裘千仞、杨康心狠手辣，卖国求荣，郭靖与黄蓉就善良正派，做侠之大者。

贝海石狡诈，石破天就纯朴。花铁干猥琐，狄云就正直。鸠摩智贪婪，段誉就单纯。

他们都没有用自己看不起的方式获胜。

而人最大的欣慰之一，就是假设你穿越时空，回到少年时的自己面前，对方会说：我不讨厌你。

（摘自《读者》2021年第14期）

我们为什么要登珠峰

彭叮咛

首次5G 传输、4K+VR 拍摄珠穆朗玛峰登顶过程……2020年5月27日，中国人又一次登上世界海拔最高的珠穆朗玛峰峰顶，这也是时隔15年，珠峰再次迎来高程测量，中国将向世界揭晓一个举世瞩目的"世界高度"新答案。

沉穆的天色里，巍峨耸立的珠峰，是令无数登山勇士魂牵梦萦的神圣坐标。对珠峰来说，攀登者是一波又一波的过客，对攀登者而言，珠峰又意味着什么？我们为何要登珠峰？

"因为，祖国就在那里"

时间回溯到20世纪50年代末，处于山脉南侧的尼泊尔一再叫嚣着珠峰根本不属于中国，理由是没有中国人登顶过珠峰，而尼泊尔的嚣张态度，缘于他们率先登顶珠峰的底气。

于是，一场带有政治意味的攀登行动开始了。1960年2月，中国珠穆朗玛峰登山队正式成立，214名队员分批进藏，平均年龄24岁。这群年轻的小伙子，在寒风呼啸的冰天雪地中，5800米、6400米、7000米……不断刷新着纪录。

在8500米处，他们建立了最后一个营地——突击主峰营地，而从这个营地到峰顶的最后300多米，或许是世间最危险的300多米。300多米的距离，40多名登山队员严重冻伤，有的甚至冻掉手指，失去胳膊；队长史占春差点从山上掉下去；队员汪矶因严重的高原反应，抢救无效牺牲；队员邵子庆因缺氧，失去生命……

最后，剩下4名身体状况良好的队员王富洲、屈银华、刘连满和贡布，带着一面五星红旗、一尊毛主席半身塑像、一台摄像机和几卷胶卷，向峰顶发起最后冲击。

海拔8680米处，是登顶珠峰的最后一个难关，它横亘在登顶之路上，完全垂直，高度接近4米，连钢锥都打不上，被英国人称为"飞鸟也无法逾越"之地。经过整整7个小时的努力，4个人还是每次都在半途重重摔下，体力濒临极限。

终于，刘连满想到了办法，用自己做人梯，让队友踩着他的肩膀上去，但他也因此，丧失了登顶的机会。屈银华登上"第二阶梯"后，牢牢打下钢锥。后来，钢锥上架起了近6米的金属梯，在此后数十年里，从北坡登顶的登山者可以直接爬梯继续登顶，这个梯子又被称为"中国梯"。

1960年5月25日凌晨4点20分，王富洲、屈银华和贡布3人登上了珠穆朗玛峰，这也是人类首次从北坡登顶珠峰。次年，中尼签订边界条约，正式确定珠峰北坡为中国领土。

为什么要登顶珠峰？"因为，祖国就在那里。"

2020年，当5G基站架在海拔6000多米的高度，当国产测绘仪器装备全面担纲测量任务时，当国产重力仪首次在珠峰峰顶进行重力测量时，回头看征服珠峰的60年历程，实际上正是中国不断发展壮大的过程。

"因为，山就在那里"

夏尔巴人，他们在喜马拉雅山脉下土生土长，是全世界登顶珠峰人数最多的民族，全世界的登山者都需要找他们做登山向导，以及做菜、当背夫、提供协助。

但就是这样一个拥有一群顶级攀登专家的民族，也是世界上因山难死亡人数最多的民族。2014年4月18日，珠峰南坡的一场冰崩曾造成16名夏尔巴向导死亡，可见登山路上之险象环生。

如此危险，为什么要攀登？

"因为，山就在那里！"英国探险家乔治·马洛里说出了那句流传甚广的回答。可惜的是，在说完这句话的第二年，马洛里就消失在珠峰的冰天雪地之中，终其一生，没能征服世界第一峰。

登顶珠峰像一场酷刑，但攀登者还是络绎不绝。艾德是一名来自美国亚利桑那州的医生，2019年5月23日，他花费7万美元从珠峰南坡的尼泊尔一侧登上峰顶，站在这个他梦想了一辈子的8844米高处，艾德被眼前的景象吓傻了。

"登顶的人为了拍照推推搡搡，峰顶大约只有两张乒乓球桌大小，上面站了15至20个人。"为了爬到那里，艾德已经在7000多米高、覆盖着冰雪的岩石山脊上等了好几个小时，队伍里人们脸贴着脸，羽绒服擦着羽绒服，他甚至要跨过一具具尸体。

"就像个动物园。"艾德回忆道。他也想拍张照片留念，但很怕被人群推搡得失去平衡而坠下悬崖，只好坐在雪地里让向导给他拍。

2020年与1960年的不同之处在于，珠峰俨然正变成一个热门旅游打卡景点。尼泊尔一方的珠峰南坡攀登许可每个售价1.1万美元，2019年给出了381个。本该严肃对待的高海拔攀登，在管理方眼里成了一门旅游生意。

对攀登者而言，登顶珠峰不仅是为了名誉、成就感、征服欲，更多的是一种纯粹的本能，一种对未知领域的渴望——"攀登不只是为了登顶，它更是一个人如何抵达。"

你真的听见音乐了吗

杨　照

一个徒弟从师学音乐，晃眼三年，对中国传统音乐的主要系统几乎都精熟了。于是他问："我什么时候能出去演奏呢？"师父劝他别急："你真的听见音乐了吗？"徒弟回答："当然，我怎么可能听不见音乐呢？音乐就在我的乐器里啊！"

师父理解徒弟急着要去闯天下的心情，就说："这样吧，我带你去见我的师父吧！"

师徒二人走进山里，走了一整天，到了瀑布旁，师父终于停下来，说："你在这里等，千万别乱走动，免得在山中迷路。我去请我的师父，看他愿不愿意见你，教你出师前最后的本事。"

徒弟等着，一会儿天黑了，接着夜慢慢深了，四处看不见任何东西。他又急又怕，只好竖起耳朵听四周有什么异状，慢慢地，他听到近处远处不同的水声，听到风声，借由风的流动，听出了树的位置与树的形状，他听到虫声，也听到不知名小动物试探的脚步声。

无穷的声音涌动着，让他的耳朵应接不暇。声音与声音相激，产生更多的声音。声音与声音相继出现，似乎也就呼应产生了节奏、韵律。他听到像音乐又不是音乐的东西，以前没有听过，不知该如何形容。

他就这样听了一夜的声音，直到天色开始泛白。他感觉自己仿佛听到了云色亮开的声音。他把眼睛闭上，听到一种神秘的声音，不是从耳朵里来，而是从心底来的，那是太阳爬上对面山顶的声音。

太阳高挂，师父才出现，问："你遇到我的师父了吗？"徒弟犹豫了一下，回答："应该遇到了吧。"

从山里回来，徒弟无法再演奏任何乐器。因为相较于山中之夜听到的，乐器的声音如此单薄、贫乏，让他厌倦不堪。徒弟黯然道："我听见音乐了——天籁，所以我不想再碰触任何人的音乐了。"

师父说："还没有，你还没听到，再听下去。"

好长一段时间，徒弟躲开街市上的喧闹人声，也不愿意演奏乐器，一心想着山中之夜听到的自然界的声音。有一天，他拿起布满了灰尘的笛子随手擦拭，放到嘴边吹出声音来。吹着吹着，心底有了一种前所未有的兴趣，再吹下去，快乐重新回到他身上，他用力吹，努力吹，吹完之后才发现自己竟然冒了一身汗，而且不知不觉中绕着房子走了好几圈。

师父就在他身边，欣慰地拍拍他说："现在，你可以去演奏了。"

徒弟大惑不解："为什么？为什么会有这样的变化？"师父解释："因为你懂得了不去跟天地竞争，不再试着要演奏出比天籁更美、更丰富的声音，而是专注地让自己的音乐与外在声音相呼应，用你的音乐去改造外面的声音，你的音乐不再是单独存在的。于是，你不再是个乐匠，而是一个乐师了！"

这个故事，是我少年时听老师讲的。那位老师学的是西方乐器小提琴，对小提琴的技巧与音乐表现要求极严。然而每隔一段时间，他都会跟我说一次这个中国音乐哲学的故事。

几十年来，我反复在心里问自己：这故事和音乐，尤其是和从巴赫到巴托克的西方音乐，有什么关系吗？

慢慢地，我似有所悟，领悟到音乐带给我们的，不只是音乐本身，更重要的还有一种听觉能力与听觉习惯。处在现代环境下，许多人成长过程里必要的一种训练，就是如何与噪音共存，也就是如何关起自己的耳朵，学会不要去注意、不要去听外界周遭的声音。

我们的听觉一直在变钝，钝到一定程度，才能帮助我们不受干扰地活下去。可是钝掉的听觉，听不见噪音，也听不见美妙的声音。

音乐，尤其是西方古典音乐，一直在追求一种复杂的和谐。借由对位与和弦原理，众多不同音符层叠架构，绝不彼此冲突。听这样的音乐，我们一方面感受到愉悦，一方面感受到一种想深入了解的冲动，想要专注捕捉每一个音符，以及音符与音符之间的关系，捕捉得越多，收获就越多。

换句话说，这种音乐给予专注大量的回报。懂得专注聆听，就能得到更丰富的感受，久而久之，为了追求那诱人的丰富感受，听音乐的人就会习惯于专注，养成专注的习惯。

于是，耳朵打开来，听到许多原本听不见的声音，也同时懂得了如何分辨值得听和不需要听的声音。我们跟外在世界的联系，因听觉的改变而改变了。

　　我们可以随时随地，在任何条件下，借由音乐创造出既内于世界又外于世界的自我小宇宙，专注且自在地活在自我小宇宙里，快活安适。

（摘自《读者》2015年第8期）

贫寒是凛冽的酒

王　磊

　　我家在蓝靛厂住的时候，附近有军营，每天很早就会有军号响起，冬季天亮得晚，恍惚觉得每一次号响都是在半夜，我也随着那号声，被父母推醒，冻得瑟瑟发抖。

　　朦胧中的军号声，空气中的煤烟味，就是我在14年前关于北京冬天最初的印象。

　　之所以要这么早起床，是因为那时的体育课有1000米跑，中考也有这一项。父亲便陪我每天早起跑步，我常常睡眼惺忪地跑在蓝靛厂荒凉的路上，一路上总是被父亲拍脑袋叫我跑快点。

　　在那些街灯照不到的路上，我和父亲往往只能听到彼此的喘息和脚步声。很多年以后，我每次在黄昏陪着父亲散步，都会记起当年的与父之路，想起那些年我的长跑总是满分。

　　父亲那时候是把全部的希望都押在我身上了。他从县国税局辞职下海，到北京做生意，带着妻子和儿子，家里全部的现金给我交完赞助费就剩下1000元了。很多人问我们当初为何那么意气用事，抛弃县城的优渥条件，北漂来受苦。父母会说，怕孩子将来考上好学校却供不起，怕考到好学校我们也不认得门。再说到根上，父母会说，因为读书少，没多想。

　　所以，当我在北京的第一次数学考试才考了79分，父亲在夜里得知后摔门而出，立在院子外面，抽烟望着远方，气得夹烟的手都在颤抖。那是我见过的父亲关于我的最失望的背影。

　　在我小学毕业后父母带我来北京玩，之后就没回去。在天安门广场，父亲问一个捡瓶子的人一个月可以挣多少，那人说2000块。父亲说，可以留下来，留下来捡破烂都能活。因为当时父亲的工资才800元。

　　现在大家都往公务员队伍里挤，虽然说那时已接近下海浪潮的尾声，可父亲当时以优异的业绩炒了公家的鱿鱼，还是震动家乡，以至于我们那个县盛传着谣言说我父亲是到北京来贩毒的，否则没有任何理由可以解释。

　　贩毒什么的，聊供笑谈吧，当初我们是连暖气都烧不起，每天要砸冰出门的，因为晚上呼出的水蒸气会把门死死封住。这个恐怕很少有人体验过吧。第二年更是穷得过年只剩200块钱，连老家都回不去。

　　但那个时候，终究没饿死不是。我母亲说北京人傻，吃鸭子就吃皮，留下个那么多肉的大鸭架子只卖两块钱一个，所以母亲就常买鸭架子给我吃。我不记得自己吃了多少，母亲说那时候我蹲在门口就能吃下一整只，她看着特别开心，但还是总后悔那时候没给我补好，害我个头没有长得像舅舅那么高。

　　母亲还会买将死的泥鳅给我吃。她说泥鳅早上被贩到菜市场，颠簸得都会翻白肚子，看起来像死的，所以才卖一块钱一斤，母亲就把它们买回来，用凉水一冲，不一会儿就都活了。

　　其实即便是死鱼又有什么关系，几十年前去菜场买鱼，能有几条是活的？去年看电影《女人四十》，里面的母亲买鱼也是在等鱼死，好像还趁卖家不注意使劲拍了那鱼几下。要是这段子搁在相声里会让人大笑，我听到也会哈哈大笑，但转念就想到母亲当初买将死泥鳅的情景。

　　母亲买回泥鳅后会把它们收拾好，晒到屋顶上，晒干了就存在瓶子里慢慢吃。

　　有一回母亲穿着拖鞋上屋顶，下来时滑倒，大脚趾戳到铁簸箕上，流了好多血。一连一个月，我每过几天就搀扶着母亲到医院去换药，走过的四季青路，也是我同父亲跑步的那条路。

　　那条路现在完全繁华了起来，一点当年的影子都找不到。当年那条路的样子我也不记得了，因为，要么是在黎明之前跑过，要么是搀着母亲时经过。搀着母亲的时候，我的心就像她的脚一样疼，哪里会注意到周围。

　　当年住过的小屋，我却记得清清楚楚，记得电饭锅里的锅巴香，记得书桌被热锅底烫过的油漆味，还有后窗飘来的厕所的味道。

　　家里就两张床，一张桌子，一个电灯，一口锅，最高级的电器是我学英语不得不用的复读机，那也是我们全家的娱乐工具，一家人吃完饭总要围着它唱歌录音。父亲有时候出差，两三个月都不能回家，想他的时候我就抱着复读机听他的歌声。有一回我半夜在外面的厕所里听，母亲穿好大衣跑了出去，以为是父亲回来了，却发现我抱着复读机从厕所里出来，她骂我神经病。

　　还有一次我踩翻了晾在电饭锅里的开水，烫了一脚的泡，哇哇地哭，母亲抱着我也一个劲儿地哭，心肝宝贝地喊。那么大的北京，好像就我们这一对母子，母亲哭喊着："真对不起，对不起，好好地干吗到北京受这份罪呢？要是在老家，哪里会这样。"那倒是真的，我们用电饭锅煮开水，不就是为了省下一个热得快的钱么？

但忧患就是如此，会让相亲相爱的人抱得更紧。父亲在日后与我散步时曾对我说，那时他与母亲比新婚时还要恩爱。有太多的夜晚，他们都会愁到失眠，但是可以相依为命。

可我毕竟年少，对于当时的贫穷并没有太多的感受，很多时候都是嬉笑着就过去了。比如我没有钱买第二套校服，我却需要每天都穿它，没办法的时候就在锅里炒衣服——校服洗过放到锅里去炒干。我很擅长这种技艺，我可以告诉你如何不把衣服炒皱，如何不把拉链炒化。

后来才知道，原来不止我一个人炒过衣服，我表弟被大舅、舅妈带到上海打工的时候也炒过衣服。当时大冬天的，弟弟掉到泥沟里，舅妈只好把弟弟脱得光光的，裹在被子里，一整天都在洗衣服炒衣服。

去年大舅还专程到上海把他们当年租过的小房子拍下来，那样的一个窝棚，大舅却看得深情脉脉，感慨万千。

我小舅也闯过上海滩，他睡了半年的水泥地，冬天就是盖着报纸睡。当初大舅跑到上海去看小舅的时候，两个人抱头痛哭，可他们就是不回去，混不出个样子就是不回去。

好在后来大家都富裕了。

前几年，有一部电视剧热播，叫《温州一家人》，播出之时，很多店面都到点打烊收看。

那是只有苦过、拼过的人才知道的滋味。温州人是富了，可有哪一个不是从赤贫闯出来的？中国人富了，可有几个人30年前手上有祖产，有几个可以号称是世家？不都是从零开始的？

但真正的财富，也许不是后来的富有，而是当年的贫寒；不是后来的安乐，而是当年的忧患；不是那些小家子气的冷暖自知，而是破釜沉舟的卧薪尝胆、咽辛啖苦。

贫寒像凛冽的酒，喝过才敢提着虎拳，往世上走。

（摘自《读者》2015年第17期）

88 岁的"上班族"

祖一飞

88岁的顾诵芬至今仍是一名"上班族"。

几乎每个工作日的早晨，他都会按时出现在中国航空工业集团科技委的办公楼里。从住处到办公区，不到500米的距离，他要花十几分钟才能走完。

自1986年起，顾诵芬就在这栋小楼里办公。他始终保持着几个"戒不掉"的习惯：早上进办公室前，一定要走到楼道尽头把廊灯关掉；用完电脑后，他要拿一张蓝色布罩盖上防尘；各种发言稿从不打印，而是亲手在稿纸上修改誊写；审阅资料和文件时，有想法随时用铅笔在空白处批注……这是长年从事飞机设计工作养成的习惯，也透露出顾诵芬骨子里的认真与严谨。自1956年起，他先后参与、主持歼教-1、初教-6、歼-8和歼-8Ⅱ等机型的设计研发。1991年，顾诵芬当选中国科学院院士，

1994年当选中国工程院院士，成为我国航空领域唯一的两院院士。

战机一代一代更迭，老一辈航空人的热情却丝毫未减。2016年6月，大型运输机运-20交付部队；2017年5月，大型客机C919首飞成功；2018年10月，水陆两栖飞机AG600完成水上首飞，向正式投产迈出重要一步。这些国产大飞机能够从构想变为现实，同样有顾诵芬的功劳。

相隔5米观察歼-8飞行

顾诵芬办公室的书柜上，有5架摆放整齐的飞机模型。最右边的一架歼-8Ⅱ型战机，总设计师正是他。作为一款综合性能强、具备全天候作战能力的二代机，至今仍有部分歼-8Ⅱ在部队服役。而它的前身，是我国自主设计的第一款高空高速战机——歼-8。

20世纪60年代初，我国的主力机型是从苏联仿制引进的歼-7。当时用它来打美军U-2侦察机，受航程、爬升速度等性能所限，打了几次都没有成功。面对领空被侵犯的威胁，中国迫切需要一种"爬得快、留空时间长、看得远"的战机，歼-8的设计构想由此被提上日程。

1964年，歼-8设计方案拟定，顾诵芬和同事投入飞机的设计研发中。1969年7月5日，歼-8顺利完成首飞。但没过多久，问题就来了。在跨音速飞行试验中，歼-8出现强烈的振动现象。用飞行员的话说，就好比一辆破旧的公共汽车开到了不平坦的马路上，"人的身体实在受不了"。为了找到问题所在，顾诵芬想到一个办法——把毛线条粘在机身上，以观察飞机在空中的气流扰动情况。

由于缺少高清的摄像设备，要看清楚毛线条只有一种办法，就是坐在另一架飞机上近距离观察，且两架飞机之间必须保持5米左右的距离。顾诵芬决定亲自上天观察。作为没有经过特殊训练的非飞行人员，他在空中承受着常人难以忍受的过载反应，用望远镜仔细观察后，终于发现问题山在后机身。飞机上天后，这片区域的毛线条全部被气流刮掉。顾诵芬记录下后机身的流线谱，提出采用局部整流包皮修形的方法，并亲自做了修形设计，与技术人员一起改装。飞机再次试飞时，跨声速抖振的问题果然消失了。

直到问题解决后，顾诵芬也没有把上天的事情告诉妻子江泽菲，因为妻子的姐夫、同为飞机设计师的黄志千就是在空难中离世的。那件事后，他们立下一个约定——不再乘坐飞机。并非不信任飞机的安全性，而是无法承受失去亲人的痛苦。回想起这次冒险，顾诵芬仍记得试飞员鹿鸣东说过的一句话："我们这些人，生死的问题早已解决了。"

1979年年底，歼-8正式定型。庆功宴上，喝酒都用的是大碗。从不沾酒的顾诵芬也拿起碗痛饮，这是他在飞机设计生涯中唯一一次喝得酩酊大醉。那一晚，顾诵芬喝吐了，但他笑得很开心。

伴一架航模"起飞"

顾诵芬是一个爱笑的人。如果留心观察，你会发现他在所有照片上都是一张笑脸。在保存下来的黑白照片中，童年时的一张最为有趣：他叉着腿坐在地上，面前摆满了玩具模型，汽车、火车、坦克，应有尽有，镜头前的顾诵芬笑得很开心。

在他10岁生日那天，教物理的叔叔送来一架航模作为礼物。顾诵芬高兴坏了，拿着到处跑。但这架航模制作比较简单，撞了几次就没办法正常飞行了。父亲看到儿子很喜欢，就带他去上海的外国航模店买了一架质量更好的，"那架飞机，从柜台上放飞，可以在商店里绕一圈再回来"。玩得多了，新航模也有损坏，顾诵芬便尝试自己修理。没钱买胶水，他找来废电影胶片，用丙酮溶解后充当黏合剂；碰上结构受损，他用火柴棒代替轻木重新加固。"看到自己修好的航模飞起来，心情是特别舒畅的。"

酷爱航模的顾诵芬似乎与家庭环境有些违和。他出生在一个书香世家，父亲顾廷龙毕业于燕京大学国文系，是著名的国学大师，不仅擅长书法，在目录学和现代中国图书馆事业上也有不小的贡献。顾诵芬的母亲潘承圭出身于苏州的望族，是当时为数不多的知识女性。顾诵芬出生后，家人特意从西晋诗人陆机的名句"咏世德之骏烈，诵先人之清芬"中取了"诵芬"二字为他起名。虽说家庭重文，但父亲并未干涉儿子对理工科的喜爱，顾诵芬的动手能力也在玩耍中得到锻炼。《顾廷龙年谱》中记录着这样一个故事：一日大雨过后，路上积水成河，顾诵芬"以乌贼骨制为小艇放玩，邻人皆叹赏"。

"七七"事变爆发时，顾廷龙正在燕京大学任职。1937年7月28日，日军轰炸中国29军营地，年幼的顾诵芬目睹轰炸机从头顶飞过，"连投下的炸弹都看得一清二楚，玻璃窗被冲击波震得粉碎"。从那天起，他立志要保卫祖国的蓝天，将来不再受外国侵略。

考大学时，顾诵芬参加了浙江大学、清华大学和上海交通大学的入学考试，报考的全是航空系，结果3所学校的考试全部通过。因母亲舍不得他远离，顾诵芬最终选择留在上海。

1951年8月，顾诵芬大学毕业。上级组织决定，要把这一年的航空系毕业生全部分配到中央新组建的航空工业系统。接到这条通知时，顾诵芬的父母和上海交通大学航空系主任曹鹤荪都舍不得放他走。但最终，顾诵芬还是踏上了北上的火车。到达北京后，他被分配到位于沈阳的航空工业局。

"告诉设计人员，要他们做无名英雄"

共和国成立后，苏联专家曾指导中国人制造飞机，但同时，他们的原则也很明确：不教中国人设计飞机。中国虽有飞机工厂，实质上只是苏联原厂的复制厂，无权在设计上进行任何改动，更不要说设计一款新机型。

每次向苏联提订货需求时，顾诵芬都会要求对方提供设计飞机要用到的《设计员指南》《强度规范》等资料。苏联方面从不回应，但顾诵芬坚持索要。那时候他就已经意识到，"仿制而不自行设计，就等于命根子在人家手里，我们没有任何主动权"。

顾诵芬的想法与上层的决策部署不谋而合。1956年8月，航空工业局下发《关于成立飞机、发动机设计室的命令》。这一年国庆节后，26岁的顾诵芬进入新成立的飞机设计室。在这里，他接到的第一项任务，是设计一架喷气式教练机。顾诵芬被安排在气动组担任组长，还没上手，他就倍感压力。上学时学的是螺旋桨飞机，他对喷气式飞机的设计没有任何概念。除此之外，设计要求平直翼飞机的马赫数达到0.8，这在当时也是一个难题。设计室没有条件请专家来指导，顾诵芬只能不断自学，慢慢摸索。

本专业的难题还没解决，新的难题又找上门来。做试验需要用到一种鼓风机，当时市面上买不到，组织上便安排顾诵芬设计一台。顾诵芬从没接触过鼓风机，只能硬着头皮上。通过参考国外资料，他硬是完成了这项任务。在一次试验中，设计室需要一排很细的管子用作梳状测压探头，这样的设备国内没有生产，只能自己制作。怎么办呢？顾诵芬与年轻同事想出一个法子——用针头改造。于是连续几天晚上，他都和同事跑到医院去捡废针头，拿回设计室将针头焊在铜管上，再用白铁皮包起来，就这样做成了符合要求的梳状排管。

1958年7月26日，歼教-1在沈阳飞机厂机场首飞成功。时任军事科学院院长的叶剑英元帅为首飞仪式剪彩。考虑到当时的国际环境，首飞成功的消息没有被公开，只发了一条内部消息。周恩来总理知道后托人带话："告诉这架飞机的设计人员，要他们做无名英雄。"

退而不休，力推国产大飞机研制

在中国的商用飞机市场，波音、空客等飞机制造商占据着极大份额，国产大型飞机却迟迟未发展起来。看到这种情况，顾诵芬一直在思考。但当时国内各方专家为一个问题争执不下：国产大飞机应该先造军用机还是民用机？

2001年，71岁的顾诵芬亲自上阵，带领课题组走访空军，又赴上海、西安等地调研。在实地考察后，他认为军用运输机有70%的技术可以和民航客机通用，建议统筹协调两种机型的研制。各部门论证时，顾诵芬受到一些人的批评："我们讨论的是大型客机，你怎么又提大型运输机呢？"甚至有人不愿意让顾诵芬参加会议，理由是他的观点不合理。顾诵芬没有放弃，一次次讨论甚至争论后，他的观点占了上风。2007年2月，温家宝总理主持召开国务院常务会议，批准了大型飞机项目，决策中吸收了顾诵芬所提建议的核心内容。

2012年年底，顾诵芬参加了运-20的试飞评审，那时他的身体已经出现直肠癌的症状，回去后就确诊并接受了手术。考虑到身体情况，首飞仪式他没能参加。但行业内的人都清楚，飞机能够上天，顾诵芬功不可没。

尽管不再参与新机型的研制，顾诵芬仍关注着航空领域，每天总要上网看看最新的航空动态。有学生请教问题，他随口就能举出国内外相近的案例。提到哪篇新发表的期刊文章，他连页码都能记得八九不离十。一些重要的外文资料，他甚至会翻译好提供给学生阅读。除了给年轻人一些指导，顾诵芬还在编写一套涉及航空装备未来发展方向的丛书。全书共计100多万字，各企业院所有近200人参与。每稿完毕，作为主编的顾诵芬必亲自审阅修改。

已近鲐背之年，顾诵芬仍保持着严谨细致的作风。一次采访中，记者与工作人员交谈的间隙，他特意从二楼走下，递来一本往期的杂志。在一篇报道隐形战机设计师李天的文章中，他用铅笔在空白处批注得密密麻麻。"这些重点你们不能落下……"

（摘自《读者》2019年第1期）

平庸乏味才是人生最大不幸

闫 红

我爸有两个舅舅，我喊舅爷。受出身之累，他们都没有结婚，也没有孩子。老兄弟俩相依为命，他们一个特别能干，一个有点窝囊，很像《熊出没》里的熊大和熊二。

能干的是大舅爷，家里地里都是一把好手，当过货郎，进城给人看过大门，还有一手好厨艺，村里人办红白喜事都会请他去帮忙，他长得也庄重，眉目间不怒自威。

相形之下，小舅爷就太逊色了，笨嘴拙舌，笨手笨脚，稍稍复杂一点的事儿，到他那儿都成了高难度。有一个笑话在他们村流传了很多年，说是有次大舅爷让小舅爷赶集时买点红芋叶子，晌午，集散了，小舅爷拎着个口袋回来了，大舅爷一看到那口袋就觉得不妙，打开来，根本就是一包糠。大舅爷勃然大怒，脱了鞋子朝小舅爷扔去，小舅爷一边躲，一边嗫嚅着分辩："人家说了，这是好红芋叶子揉的糠。"

两个舅爷，强弱搭配，勤扒苦做，却因了早年极度困窘的阴影，一分钱也舍不得妄花。村里跟他们情况差不多的人，后来都趔摸个寡妇，或是托人从外面"带"个女人，白头偕老者有之，鸡飞蛋打者有之。他俩却只是冷眼旁观，转过头，依旧日出而作日入而息，长年累月以咸菜下饭，把我爸送的旧衣服，都穿到褴褛。

在我们看来，这两个舅爷，当然是很惨，很值得同情的，但是有一次，在我家，大舅爷说起小舅爷，叹了口气，说："唉，也算活了一辈子。"言语间很不以为然，还有点恨铁不成钢，这让我突然意识到，在比惨的世界里，小舅爷处于最末端。也是，大舅爷好歹还有份骄傲支撑着，小舅爷就少了这份自我认定，他似乎很容易就被他的命运整尿了。

即便这样，我还是觉得哪里不对劲。假如大舅爷的人生价值要由自己来定，小舅爷的不也同样如此？如果大舅爷没结婚，没孩子，没吃上好的、穿上好的，仍然觉得自己没白活，小舅爷可不可以把这辈子活得乐呵呵的当作他人生的价值所在？

我打小爱和奶奶去乡下，总见小舅爷愉快地出来进去，有时挎着篮子下地割草，有时像带着队伍似的领着羊群回家，更多的时候，他歪在床上看书。那会儿乡下还没通电，煤油灯的影子摇摇晃晃，他看得忘我。大舅爷没法使唤他干活，辄有烦言，他总是一笑了之。我有次凑过去看是本什么书，只见封面用旧报纸整整齐齐地包了，上面有四个毛笔字：封神演义。于是我跟他借，正看得入神的小舅爷舍不得，打开床头那个白茬箱子，让我另挑一本。整整一箱子书，有《三侠五义》《岳飞传》《水浒传》等，每一本都包了书皮，毫无破损，只是被摩挲出了一种包浆般的油润感。

我拿了一套《三侠五义》去看，看完再换别的。那个暑假，我掉进了各种演义的世界，在这个世界里，我还有一个熟人，就是我小舅爷。不管是在饭桌上，还是在他用铡刀铡猪草时，一聊起书里的人与事，一向寡言的他，眼睛不由得发亮，话也多了起来。

他见识不高，开口就是："武则天坏啊，女朝廷。"他对曹操、刘备的认识，也不超出《三国演义》提供的内容。但是他对那个世界非常认真，王侯将相、三教九流，仿佛都住在他家隔壁，他更熟谙那些刀枪剑戟，知道神通广大的人如疾火流星，与各自的命运狭路相逢⋯⋯两者对照，很难说，他对哪个世界更投入一点。我猜，就是这种投入，让他不为现实中的不如意所伤。

我曾把小舅爷的故事写下来，投给一家报社，当时他们在搞一个征文，主题是"阅读改变人生"。最终我的文章没有入选，刊登出来的，都是各种励志故事。通过阅读，他们当上了老师，做起了生意，去了外面的世界，他们的人生被阅读切实地改变了。

这些当然都是非常重要的改变，但我不认为小舅爷的那种改变就没有意义，贫困固然是一种不幸，平庸乏味也是。毛姆说："阅读是一座随身携带的小型避难所。"这是个好比喻。阅读如同一束光，能够瞬间化平庸为神奇；像一根救命稻草，将你从各种不幸的泥潭里拯救出来；它还可以是一种外援，让你在风暴中站稳脚跟，安置好现在与未来。

几年前，我所在的那个行当，有两个高官相继落马。这俩人我都知之甚少，只知道一个是从最基层上来的，没上过什么学，气场强，气势足，名声不佳，但据说政绩不俗；另一个印象更浅，只听说是科班出身，不像前者那么有魄力。

在强大的证据面前，两人都选择了认罪，但认罪时的姿态大有不同。

有人看过关于"霸道总裁"的忏悔视频后，说他非常失控，曾经那么威风的一个人，哭泣、畏缩、求饶，人也瘦了很多，满头白发，一看就处在崩溃的边缘。他后来被判了十几年，宣判结果一下来，他的精神就彻底失常了。

平时不愠不火的那位，则平静得多。新闻里曾很简短地放了一段庭审录像，他高度配合，但说话间依然字斟句酌，我甚至感到，正是字斟句酌的习惯帮了他，让他不用把所有的注意力放在恐惧上。此人后来被判得很重，有人去看他，谈起这场变故，他说，是他读过的那些书救了他。他过去也爱读书，但只是自以为读过，出事之后，他想起书中字句，才明白了其中真意。现在他在里面，倒能专心读几本书，要是还像过去那样，他起码要少活十年。

我对贪官并没好感，但这件事让我感到阅读的巨大力量。不管你是怎样的人，在怎样的处境中，只要你曾珍重地对待过它，它总会以某种特别的方式，给你以救赎。

至于我自己，我灵魂不强大，又非常情绪化，时刻准备怒从心头起，一不小心就万念俱灰。还好我有阅读这个爱好，它像一个最好的中间人，将我与纠缠得难分难解的生活拉开，片刻隔离之后，回头再看，什么都是浮云。

活到这把岁数，我渐渐不再羡慕别人的生活，唯一羡慕的是，站在公交车站牌下，也能读得进哲学书的人。周围喧嚣繁杂，人人都在翘首望向远方，公交车照例迟缓得让人绝望，唯有那个把自己放进白纸黑字的人，掌控着自己的节奏，时时刻刻都在天堂。

（摘自《读者》2015年第12期）

人因梦想而伟大

雷 军

　　我在乌镇参加了全球互联网峰会，在这个会议上有马云，也有苹果公司的高级副总裁。

　　主持人抛出了一个问题，说："雷军，你说你有一个目标，要用5到10年的时间，做到智能手机市场份额的全球第一。"我忙点头，我的确说过。但是他没有继续问我，他去问苹果公司的高管说："你怎么看？"这位高管也很厉害，他说："Easy to say，Hard to do（说起来简单，做起来难）。"

　　主持人问："雷军，你怎么想？"那一瞬间我非常非常尴尬。我冷静了一下，说了马云说过的一句话："梦想还是要有的，万一实现了呢？"我的演说水平远远没办法跟马云相比，马云的号召力和演说水平，我是望尘莫及。尤其是我听说马云还讲过，他说自己高考几次落榜，好不容易上了杭州师范大学，还找不到工作，像他这样的人都能成功的话，80%

的中国人都可以成功，听得我们每个人都热血沸腾。马云今天有资格讲这个话，讲得也特别震撼，每一个人都渴望像马云一样逆袭。

讲完马云这句名言以后，我又补了一段话。我说起4年前，小米刚刚创立，在中关村，十来个人、七八条枪要去做手机，有谁相信我们能赢？手机这个行业是刀山火海，前面有三星、有苹果，后面有联想、有华为……一个正常人想到智能手机，就觉得这个市场竞争很激烈。

3年前，我们的产品刚刚发布，仅仅用了3年时间，谁能想到，这十来个人的小公司，在这样竞争激烈的市场里面，杀到了全中国第一、全球第三。我们今天有这样的业绩、有这样的起跑线，我觉得我们总应该有这么一点点梦想，用5到10年时间杀到全球第一吧。所以梦想还是要有的。

其实，办"小米"对我来说是一个很难很难的事情。为什么呢？是因为我在此之前有幸参与了金山软件的创办，今天我依然是金山软件的董事长和大股东，而且我还有幸办过一个电子商务公司，叫卓越网，后来卖给了亚马逊，应该说我的人生也足够了。所以，在金山IPO之后我就退休了，还干了三四年的投资，而且做天使投资，业绩还不错，绝对能排在中国天使投资界的第一排。是什么样的动力使我下定决心去干这么累的一件事情？在我做天使投资，在我从金山退休的那个阶段，我有天晚上从梦中醒来，我问了自己一个问题：我40岁了，在别人眼里功成名就，已经退休了，还干着人人都很羡慕的投资。我还有没有勇气去追寻我小时候的梦想？岁数越大，谈梦想就越难，大家现在都是最有梦想的时候，你们到了40岁的时候，还有梦想吗？面对残酷的现实，还有几个人能笑对今天、笑对明天？

我当时问我自己，还有没有勇气去试一把。这么试下去风险很高，有可能身败名裂，有可能倾家荡产，而且更重要的是，我在别人眼里已经是一个成功者，我需要冒这么大的风险去做一件这么艰难的事情吗？其实我真的犹豫了半年时间。最后我觉得，这种梦想激励我自己一定要去赌一把，只有这样做，我的人生才是圆满的，至少当我老了的时候，还可以很自豪地说："我曾经有过梦想，我曾经去试过，哪怕输了。"我最后下定了决心，创办了小米。刚开始，我认为我百分之百会输，我想的全部是我会怎么死，但我真的很庆幸，我们竟然只用了3年，取得了一个令我自己都无法相信的结果。

我为什么会有这样的梦想？是因为在我18岁的那一年，我在图书馆无意之中看了一本书，改变了我的一生。那是1987年，我上大学一年级，那本书叫《硅谷之火》，讲述的是20世纪70年代末、80年代初，硅谷英雄们的创业故事，其中主要的篇章就是讲乔布斯的。书中说，乔布斯在那个年代，代表着美国式的创业。我记得20世纪90年代比尔·盖茨很成功的时候，他说"我不过是乔布斯第二"，乔布斯在80年代就已经如日中天。当时看了这本书，激动的心情久久难以平静。我清晰地记得，我在武汉大学的操场上，沿着400米的跑道走了一圈又一圈，走了个通宵，我怎么能塑造与众不同的人生？在中国这个土壤上，我们能不能像乔布斯一样，办一家世界一流的公司？我觉得只有这样，我才无愧于我的人生，才会使我自己觉得，人生是有价值、有意义、有追求的。

当我有这样的梦想后，我认为放到口头上是没有用的，怎么能够落实到实际的学习和工作中，这才是最重要的。我当时给自己制定了第一个计划：两年修完大学所有的课程。我用两年时间完成了目标。我是当时武汉大学为数不多的双学位获得者，而且我绝大部分的成绩都是优秀，在全年级一百多人里排名第六。

有梦想是件简单的事情，关键是有了梦想以后，你能不能把梦想付诸实践。你要怎么去实践，你怎么给自己设定一个又一个可行的目标？当然，有了这样的目标还不够，因为要成功不是一件简单的事情，需要你长时间的坚韧不拔、百折不挠。

我在40岁的时候，没有忘记18岁的梦想，我去试了。我经常跟很多年轻人交流梦想。我自己特别喜欢一句话，叫作"人因梦想而伟大"。只要你有了梦想，你就会变得与众不同。周星驰也讲过一句名言，叫"做人如果没有梦想，跟咸鱼有什么分别"。所以关键的是，要有梦想，有梦想是你迈向成功的第一步，有了第一步以后，你一定要为自己的梦想去准备各种坚实的基础。

谈到梦想的实现，我最近还有一句话挺出名的，也是我抄来的，叫"站在风口上，猪都会飞"。这话我其实是想表达两层意思：第一，没有扎实的基本功、没有勤奋是成功不了的；第二，有了勤奋，有了坚实的基础也不一定能成功，还需要风口，还需要把握大的发展机遇，抓住机会，你才有机会成功。

（摘自《读者》2015年第3期）

三个老头儿

黄昱宁

一

回想起来，20世纪80年代我念小学那会儿，读书真是一件相对单纯的事。比方说，我父亲会仅仅因为不愿让我多过两条马路（那时候家里不可能匀出人手接送我上学），就放弃区重点小学的名额。六年里我上的都是家门口的普通小学，代价是考初中时出了一身冷汗，分数刚踩上市重点的那条线；换来的好处是，每天作业都能在学校里做完，下午三点半之后，我就只管一个人泡在父亲的书里。

那时候没有新东方和奥数班，家里有钢琴的人几乎是怪物。直到三年级，我才参加了平生第一个兴趣班（那时都是免费的），起因也有点奇怪：

我塞进课桌里的一个笔记本上记着几句我随口诌的词儿，被好事的同桌拿去向大队辅导员献宝，后者那时大概正在给区少年宫招募学员……总而言之，很快我就收到了"儿童诗歌班"的邀请信。后来才知道，发信的老师姓诸葛，是个快退休的老头儿。

虽然早就有思想准备，知道这位诸葛先生不会有羽毛扇，但初见之下，还是大失所望——干瘦的身板，半秃的脑门，加上脱落了大半的牙齿，看上去早就过了六十岁。他不怎么爱笑，普通话里夹着浓重的岭南口音，既不擅长侃侃而谈，又不见得能循循善诱。比起隔壁的"儿童电脑班"（彼时正值"电脑要从娃娃抓起"刚刚发表），这里非但人气衰微（不超过十五人），而且哪怕在人数达到峰值时，也没有谁在认真听讲。

奇怪的是，诸葛先生对这些好像一点儿都不在乎，最多偶尔停下来，叹一口气。他上课的方法简单得全无技巧可言，每次都捧了一大摞书，每本都夹着几张白纸条，每个夹着纸条的地方一定都有一首诗，作者不分古今中外、忠奸善恶。常常是刚才还在讲"却话巴山夜雨时"，突然一个急转，就拐到了"假如生活欺骗了你"。他会一首一首地写在黑板上，一笔一画都像是拼尽了全力，写累了便眯着眼睛歪一歪脑袋，像在鉴赏一幅古画。他很少作什么口头评点，却很喜欢在诗句的字里行间作一些符号，比如涂个圈、画个惊叹号什么的，那些地方多半就是他最在意的句子了。先生让我们跟着抄，连那些符号也不可以落下。可他总是等不到我们全抄完，就急忙吩咐大家扯开嗓门朗读，声音越大越好——基本上每首诗都被我们念得支离破碎，先生倒不苛求，反而摇头晃脑地打着拍子。下课铃多半总是在这种节骨眼上响起来，我们戛然而止（我那时多半在想，八路公交车少坐一站就可以省下钱在车站旁买个油墩子解馋），诸葛先生也会一下子愣住，看一眼讲桌上躺着的那一堆书，一脸的困惑，"还有很多没讲呢……"照例挥一挥手，叹一口气。

好多事都是要多年以后才能"追认"甚或"虚构"出它发生的意义。诸葛先生的课，我统共也没能上满一年。记不清是什么原因半途而废的，反正当时好像也没有太在乎。直到初三那年，外校调来的一位语文老师，才以"合并同类项"的方式强化了那段记忆。和诸葛先生一样，那也是个快退休的老头，也操一口掷地有声、拒绝被普通话些微同化的方言，也有个很不常见的姓氏——我们叫他宓老师。

二

以年纪和行事风格推想，宓老师和诸葛先生多半都有过一肚子诗情文气被特殊年代蹉跎的经历。初三时我已多少懂些世故与故事，会忍不住将他们的形象嵌入《天云山传奇》或者《苦恼人的笑》，为他们在课堂上的浑然忘我添上浪漫主义注脚。平心而论，宓老师的课比诸葛先生上得更专业，也晓得隔两天就念一回中考的紧箍咒，抱一摞卷子督促大伙儿背标准答案。不过他总有点儿"分成两半的子爵"式的颓唐贵族气，左手忙活的事儿被右手轻轻一挥，就销匿于无形，空气里残留着一点嘲讽的味道。班上有几个同学——包括我——的语文成绩在他看来足够好，于是常常会得到减免作业的待遇，这在毕业班里可不是寻常事。有时候碰上他特别讨厌的课文（这绝对不是偶然现象），宓老师干脆就在上课铃响之前跑过来，跟我说："这课一点儿意思都没有，你不用浪费时间。带小说了吗？拿出来看！"起初，我简直怀疑他在说反话，类似"钓鱼执法"，只能讪笑着不置可否。没料到下一回，他干脆就自己带来几本，往我桌上一摞，"看这个。"

　　我一直记得那几本书的名字，《围城》《写在人生边上》《干校六记》《洗澡》。"别的书可以不看，"宓老师眯起眼睛愉快地分享他的秘密，"这两位的，一定得读。先从浅的读起，我相信你有一天能读懂《管锥编》的。"

　　直到今天我也不能算"读过"《管锥编》（顶多算"翻过"或者"膜拜过"），更别说读懂，但那些书和那些话，须臾不曾忘怀。有时候我安慰自己，我没敢在艰辛寂寞的学术路上涉足太深，宓老师其实也得负一点责任。当年我刚拿到直升本校高中部的名额，宓老师就把我叫到办公室，视线聚焦于别处，像是对我说，也像是对自己说："你将来可别选中文系啊。""啊？我可没想过这问题。""进高中就得想啦。听我一句话，学英文，学点有用的。""有用的"三个字被他加重了语气，可他随即又摸出一张书单，上面照例写满了"无用"的作品。

　　从"无用"一步三回头地走向"有用"，差不多构成了我高中和大学前半段的主旋律。作为一个从小就让师长放心的孩子，我成功地做到了基本不偏科，没有悬念的前三名，以及一路免试直升。我被那时上海人眼里最"有用"的上外录取，念时髦的"复合型专业"。哪怕是在直升后的那个暑假，我还是不太想去碰那些已经被我冷落了三年的"闲书"——我知道它们仍然对我构成强大的诱惑，一旦拿起，就难说是不是还放得下。

　　上外真是个"有用"的地方。每天早晨起来，我总能清晰地感觉到我走在一条高效务实的流水线上。东体育会路上，擦身而过的是一边塞着耳机听"美国之音"一边晨跑的人，电话亭里挤满了用各种语言向外面的世界寻找机会的人——这样的画面不仅励志，而且像一道强光，把你的生活照成一张曝光过度的相片，容不得阴影和细节。谁说文科生比理科生好混？你穿越回20世纪90年代中期的上外试试——在那里，一门外语不仅是一门外语，它还通往薪酬惊人的"五大"（会计事务所），通往太平洋对岸那一溜"常春藤"。在这样的环境里，我们的英语教材充满了情境对话和应用文写作，我们的老师总是匆匆地来匆匆地走——有的是各种各样的语言培训班在等着他们去自度度人。例外的没有几位，江老师算一个。

三

那只是一门学分不高的选修课——英美散文选读。按上外人的习惯思维，这显然得归到为数不多的"无用"课程里去。第一堂课，先有人搬来椅子（椅子脚给垫高过，与讲台比例合宜，坐下来能俯视全班），再是茶缸，最后才是年逾七旬的老教授本人，一步一挪地进来。"我是江希和，"老头儿坐下来，话音里有点喘，"Call me Mr.River。"

至今都记得他，不单是因为那一口老式伦敦腔，不单是因为我们很快在《英汉大词典》的编委名单里找到了他的名字，不单是因为当时传过他好几个版本的坎坷身世，也不单是因为他从来不用现成的教材，只发一本油印的讲义，课间休息时最大的乐趣就是检查我们有没有在那份讲义上添上足够详细的听课笔记。让我最难忘的，是他从来不把文章切成一个个"有用"的词语碎片，不会津津乐道于某个词儿的社交功能，他强调的，是我在上外很少听到的那个字：美。

在他的眼里，扬眉吐气的塞缪尔·约翰逊回击切斯特菲尔德勋爵的信——那种酸，那种迂，那种春风沉醉——是美；《廊桥遗梦》最后，男人写给女人的信——那份苦，那份甜，那份今生无悔——也是美；但我们都知道，江老师最偏爱查尔斯·兰姆。说起伊利亚（兰姆的笔名）平生结巴、见到心仪的女孩子会害羞时，他的脸也红扑扑的；讲到伊利亚因为沉重的经济负担，一辈子在账房里朝九晚五地上班，只能在晚上写作时，他一声接一声地叹气。讲义内，19世纪的伊利亚与精神病严重的姐姐相依为命，被迫终身不娶，姐姐病发时他们俩只能手拉手一起哭；讲义外，江老师的情绪也跟着忽上忽下，有好几次都几乎挣扎着要从高脚椅上站起来。

好像就是在去年，我突然想起这些旧事，上网搜了很久江希和的名字，才发现零星有几篇昔日学生追思老教授的博文。虽然早有预感，但猛一看到他早在2005年就已去世，我还是难过了很久。他不会知道，一个课后甚至没有勇气拿着笔记凑过去提问题的学生，整个大学里，唯有在他的课上，才找到了一点久违的"无用"的乐趣。他更不会知道，这点乐趣诱引着她一步步离开曾经以为理所当然的"康庄大道"——毋宁说找回最初的自己——以至于十多年后，当她坐在出版社里，翻开自己编辑的《伊利亚随笔选》时，仍然在庆幸当年的决定。

（摘自《读者》2018年第5期）

身边的优雅

崔修建

　　踏着金黄的落叶，我沿着松花江大堤徐徐而行。秋日的江水像一幅陈年的油画，多了一分宁静与澄碧，也多了一分耐人寻味的深邃。

　　受北京一家杂志社的邀请，我要去采访一位已是耄耋之年的剪纸艺人。因为距约好的时间还早，我便决定先在江畔走走。于是，我就惊喜地邂逅了那个在江堤上以水代墨练书法的他。

　　一下子吸引住我目光的，是他手中挥舞的那支独特的大笔。这笔更像是随处可见的拖布，长杆的一头是粗糙的棕棉，那样随意而懒散地扎成一束。

　　然而，就是那样一把再寻常不过的拖布，被他蘸了清水后，一只手挥舞着，笔走龙蛇，上下翻飞，一会儿的工夫，江堤上便留下一串气势磅礴的行草，内容正是毛泽东的名篇《七律·长征》。

"好功夫啊！"我禁不住赞叹起来。

"过奖了，不过是信手涂鸦而已。"他谦逊道，手却没有停下来。

"练很久了吧？"我指了指他那道劲有力的字。

"一年多了。以前身体没毛病的时候，整天忙着工作，怎么也不会想到我这个大老粗，还能练书法，而且是水书。"他淡然地回答。

"看你现在这身手，很健康啊！"看他很轻松地舞动着手中笔，谁能想象到他是一个病魔缠身的人呢？

"是的，我也感觉自己很健康。"他脸上泛着红润的光。

接下来的交谈却让我惊讶万分。他语气平淡地告诉我：他姓耿，今年刚刚50岁，去年查出患了胃癌，已切除了四分之三的胃。上个月，又查出了胰腺癌，医生说已经没有动手术的必要了。

我怔怔地看着老耿，仿佛在听他轻描淡写地说着别人的事情。

"你是不是很奇怪，我都被死亡预约了，为什么现在还要练字？"他看出我的困惑，"我只读过5年书，这一辈子似乎都没有摆脱贫困，日子稍微好了一点点，又让癌症给缠住了。刚开始，我也抱怨命运不公，后来，也就坦然了。穷也罢，富也罢；好也罢，坏也罢，不都是过日子吗？于是，我就决定用最节俭的方法练练字，补上年轻时的遗憾。"

"就这么简单？"我望着老耿那早已悟透人生的双眸。

他点点头，继续书写，这回他写的是楷书，内容是《声律启蒙》中的句子。

看着他一笔一画，认真得像一个小学生。我不由得对着那些很快便要被阳光抹去的字迹肃然起敬，仿佛那些匆匆逝去的水字，是一双双会说话的眼睛，它们在无声地告诉我关于生命和人生的真谛。

在告别老耿去见剪纸艺人的路上，我又有幸结识了一位摆水果摊的诗人。我在挑选水果的时候，他似乎根本没看见我这位顾客，只顾握着一截铅笔头，在一个演草本上快速地涂抹着。他摇头晃脑，嘴里还在不停地念叨什么。

耐心地等他停了笔，为我称量、包装好水果，我才好奇地问他："刚刚那么专注，在写什么呢？"

他有些腼腆地说："写诗呢，突然来了灵感。"

"我可以拜读一下吗？"我怎么也不会想到，眼前这个人在这样的生活境况里，竟然还保持着一份难得的诗情。

"只是喜欢，主要是写给自己看的。"他犹豫了一下，还是把写诗的本子递给我。

他写了不少呢，其中不乏让人眼睛一亮、心灵一颤的好诗句，比方，写向日葵的：你金光四溢的花环／将明媚地旋转整个夏日／像花中的女皇／威仪而典雅；写菠菜的：你内心深藏的铁／有着怎样摄人魂魄的光芒／在生命中多么不可或缺；写彼岸花的：你不是我的彼岸花啊／我谦卑的愿望／缀满所有感恩的土地／从一粒被岩隙收容的种子开始／此后的时光全部用满怀的期待和追寻充盈……读着他的那些从生活中提炼出来的精美诗句，我的心仿佛被一双温暖的手柔柔地抚摸着，尘世的喧嚷和嘈杂，在那一刻全都被屏蔽了。

"真好！能够写出这么多美丽的诗句，真是一位叫人羡慕的诗人。"我敬佩地望着面前这位其貌不扬的水果摊主人，想他一定有着锦绣的心思。

"谢谢您的鼓励，我写诗只是不想让生活低到尘埃里。"他随口的一句表白，竟也是那样诗意盎然。

在剪纸老艺人素雅的小屋里，我从老人的口中得知，那个摆水果摊的中年人，妻子是一个精神病患者。他已下岗多年，靠着摆水果摊供出了一个读北大的女儿。我又一阵惊愕，随后向他提到老耿。老人轻轻地道了一句："在我们身边，这样优雅的人其实有很多呢。"

是啊，仅仅在一天里，我便有幸遇见了三位拥有优雅生活的人。他们虽然都是凡夫俗子，有着常人的苦恼、窘迫与无奈，但他们都不约而同地选择了优雅，选择了站在精神高地，把世俗的日子过得更精彩、更有品位。

（摘自《读者》2018年第18期）

深潜人生

张永胜　田清宏

回归祖国

2001年1月下旬的一天，在美国旧金山的家中，徐芑南接到来自中国无锡的越洋电话。电话是中国工程院院士、原中船重工第702研究所所长吴有生打来的。他兴奋地告诉徐芑南："老徐，7000米载人潜水器正式立项了，我们想来想去，决定请你回来，这个总设计师非你莫属！"

放下电话，徐芑南心潮起伏，思绪万千。

1958年，从上海交通大学船舶制造专业毕业的徐芑南，幸运地成为我国第一批海军舰船装备研发设计人员。当他来到702所报到后，原本设计水面舰船的他被派去做潜艇模型的水动力试验。由此，他的事业从水上

"潜入"水下。

徐芑南主动要求到某潜艇基地当了一名舰务兵，把潜艇各个舱段的构造熟记于心。1个月后，他又要求去潜艇修理厂实习。这段经历，成为徐芑南人生中一段非常重要的时光，他说："我终于知道我干的是什么、该怎么干了，连看图纸的感觉都大不一样了。科技报国是我们那代人的梦想，早日研制出我国自己的载人深潜器，向蓝色海洋进军，探测深海的奥秘，是许多科学家的共同愿望，更是我一辈子的梦想。"

从潜艇基地回来后，徐芑南开始主持"深海模拟设备及系统"（简称压力筒设备）的设计和建造任务。当时国外对中国实行严密的技术封锁，凭借论文资料上美国海军实验室的一张照片，徐芑南和课题组成员只用了3年时间就自行研制出我国第一台压力筒设备。20世纪70年代，他又开创性地建成我国最大的压力筒设备。

共和国的潜艇在一穷二白的基础上起步，徐芑南从行车指挥，到设备安装，到实验测试，再到写分析报告，一路走来，成了所里的"多面手"。1996年，徐芑南因疾病缠身，办理了退休手续。1998年1月，他和夫人移居美国旧金山，与儿孙共享天伦之乐。

徐芑南夫人方之芬回忆说："当时接到电话，徐芑南一个劲地说，来不及了，要赶快回所里！"他不想让自己在有生之年留下遗憾，可是家人全部反对。当时他已经退休5年，还身患心脏病、高血压、偏头痛等多种疾病，回国担任这么大项目的总设计师，身体健康的人恐怕都难以承受，更何况一个疾病缠身的老人。

徐芑南对一向最懂自己的母亲说："我一辈子的梦想，就是为国家造出最好的潜水器。一思考潜水器的问题，我的头就不痛了，不思考就痛。现在国家需要我，我觉得我还是接下这个任务吧。"年近九旬的老母亲同意了，说：“你去做吧，不让你去做，你会生病的。”

带着创造“中国深度”的梦想，徐芑南回到702所。一同归来的，还有他的夫人方之芬。夫妇俩把家安在了702所老宿舍楼里，一住就是10年。

蛟龙出海

按照国家“863计划”重大专项总设计师的任职要求，总设计师的年龄不能超过55岁，而徐芑南当时已经65岁。为此，科技部特地为他破例。对徐芑南来说，担任总设计师是一份责任，更是自己梦想的延续，他说：“虽然我当时已退休5年，但是为了圆梦，我还是愿意多出一份力，多尽一份心。”

我国以前研制的载人潜水器最深只能下潜600米，要让一个载人深潜器，在短短数年之内就实现从600米到7000米深度的跨越，并非易事。“蛟龙号”立项之后，面临的最大难题就是专业人才缺乏。由于国外技术封锁，“蛟龙号”从最初的设计到最终的海试，都是由徐芑南和同事们自主研发完成。在克服了各种困难后，“蛟龙号”一浮出水面，就吸引了世界的目光。

2009年，“蛟龙号”第一次海试。彼时已73岁的徐芑南坚持登上“向阳红9号”工作母船，为海试“护航”。上船时，他所携带的花花绿绿的药品和氧气机、血压计等必备器械装满一个拉杆箱，“吃药就和吃饭一样”。

母船“向阳红9号”是一条旧船，条件很差，在长达40多天的海试中，叶菜只维持了两个星期，在随后的日子里，徐芑南和大家一样，每天吃的不是土豆烧萝卜，就是萝卜烧土豆。每次潜水器下潜，徐芑南从不坐在指挥室里，而是一连几小时值守在水面控制室，盯着海面，不放过水声通信传回来的每一句语音。当“蛟龙号”完成首次1000米海试，大家欢呼雀跃之际，劳累过度的徐芑南突发心绞痛，脸色苍白，虚汗淋漓。看着大家紧张的表情，他忙安慰说："没事的，你们忙吧，我躺一会儿就好了。"

2011年，"蛟龙号"冲刺5000米深海，完成136项科学实验，还采集到了素有"海底黑色黄金"之誉的锰结核矿石。一年后，"蛟龙号"成功突破7020米，下潜最深达7062米，不但刷新我国载人深潜新纪录，还创造了世界深潜奇迹。这标志着我国系统地掌握了大深度载人潜水器设计、建造和实验技术，成为继美、法、俄、日之后世界上第5个掌握大深度载人深潜技术的国家。

2012年6月24日，"蛟龙号"3名潜航员与"天宫一号"3名航天员成功实现"海天对话"，海天同庆，举国欢腾。徐芑南非常兴奋，这一刻，他等了一生，年轻时的心愿终于在76岁时圆满完成！他说："曾经以为这辈子这个梦想实现不了了，但现在得到这么好的结果，我无憾了！"2013年12月，徐芑南以77岁高龄当选中国工程院院士，是当年新当选院士中年龄最大的一位。当他在无锡702所办公室里得知这个好消息的时候，非常高兴，不仅为自己，也为702所这个集体。

相濡以沫

"在我心里，有一位特别想感谢的人，那就是我的夫人方之芬。没有她的协助，我的工作很难顺利进行。如果说在'蛟龙号'研制过程中我起了一点作用的话，那军功章里也有她的一半。"徐芑南说。

毕业于华东理工大学的方之芬和徐芑南一起回国后，也参加了课题组，既当助手，又做护工。徐芑南感慨地说："夫人带给我的不仅仅是家庭的温暖，还有研究过程中的扶持和协助。"

方之芬则说："他这个人，没有什么爱好，只喜欢自己的专业，其他的他都不在乎，只要为国家做出潜水器，他这一辈子就感到欣慰了。不管病有多重、人有多累，只要一提到潜水器，他就会精神抖擞。要是离开了潜水器，他就像丢了魂一样。"从美国回来的时候，方之芬带了许多速效救心丸，每次和徐芑南出门都要带在身边。她说："那时他有心脏病，严重的时候，他心脏早搏一天16000多次。每天夜晚，只要听不见他的呼噜声，我就会非常紧张，赶紧起来摸一摸他的心跳。"

徐芑南几乎每年都犯心脏病，他成了上海华山医院的常客。每次住院，医生都要求他至少住两个星期，可每次病情稍有好转，他就悄悄溜出医院。徐芑南知道，他等不起，"蛟龙号"的研发进度更等不起。熟悉他的老朋友担心地对他说："老徐，你这是拿命在拼啊！"徐芑南淡定地说："等'蛟龙号'完成7000米任务后，我就真的退休了，到时候休息时间多的是。"

由于长期用眼过度，徐芑南右眼视网膜脱落。纸上的资料，他只能用高倍放大镜一个字一个字地看。实验室里的那些仪器、电脑数据，他几乎看不见，这个时候，方之芬成了徐芑南的"眼睛"，把数学公式、海量数据、精密推算过程一点一点地念给他听，徐芑南一边用耳朵听，一边用脑子记，夫妻俩这样一念一听就是10年。

薪火相传

"蛟龙号"研制之初，面对一群初出茅庐的毛头小伙，徐芑南既像严父，又像慈母。"人人都是自己岗位上的主角，人人也是其他岗位上的配角，互相补台，互不拆台"是徐芑南坚持的一个原则。"蛟龙号"团队的成员跟着徐芑南学到的不仅是专业技术知识，更是淡泊名利、求真务实的科研精神。

　　醉心于科研的同时，徐芑南把更多的时间和精力放在新一代深海科研工作者的指导和培养上。他常常鼓励所里的年轻人·"江苏山明水秀，历来人杰地灵、人才辈出。这么好的地方，这么好的时代，正是你们年轻人出成绩的机会。"

　　如今的"蛟龙号"核心团队，除了当初徐芑南他们这一批年龄超过70岁的老科学家，更多的是正当壮年的技术骨干。"经过这10年，终于有一个团队，可以继承深潜事业了。"徐芑南欣慰地感慨。

　　2017年，81岁的徐芑南和老伴已定居在无锡。他说："我这一生，有3个坐标，一个是我的祖籍浙江镇海，一个是我出生、成长的上海，还有一个就是江苏无锡。在江苏，我待的时间不是最长，但寄托的感情最深，因为，这里是我圆梦的地方。"

　　如今，徐芑南夫妇俩还经常到702所去走一走，看一看，问一问。深潜梦、海洋梦、强国梦，在他心底，从未停歇。

（摘自《读者》2019年第4期）

时间的猛兽

黄昱宁

我记得，念小学五、六年级那会儿，在无线电厂当科技翻译的母亲并没有给我开过多少英文小灶。除命我反复听《新概念英语》的磁带校正发音外，她还送给我一本《新英汉词典》。

"中学毕业前用这本就够了，"母亲说，"读大学如果上专业课，那得换我这部。"她指的是她常用的上下卷《英汉大词典》，厚厚两大本一摊开，我们家的书桌就被占满了。我看到，两部词典的主编是同一个人：陆谷孙。

显然，这个人是母亲的骄傲。作为复旦大学英语系六四级本科生，母亲大二那年正好赶上毕业留校任教的陆先生开启他长达五十余年的教学生涯。

谁不愿意当陆谷孙的学生呢？母亲说起陆老师当年如何以英语零基础开始（陆先生念的中学里只教俄语），在短短一年之后成绩就甩开别的同学一大截，自己任教后课又是讲得如何生动精彩，还多才多艺，能在舞台上演出《雷雨》——她用的简直是讲传奇故事的口气，于是我也瞪大眼睛，像听评书那样默默地替这些故事添油加醋。以至于多年后，每每遥想半个世纪前风华正茂的陆先生，儿时擅自叠加的岳飞、秦琼、杨六郎的形影，依然隐约可见。

近几日思虑深重，在记忆里上穷碧落，也想不出第一次见到陆先生是在什么场合。只记得时间是2000年前后，在别人攒的饭局里叨陪末座——老实说，我记不清楚了。但我记得我语无伦次地告诉他，家母是他的学生。他问了母亲的名字和年纪，想了没多久就反应过来："你母亲写得一手好字。"陆先生果然记忆力过人，但一想到母亲的书法基因没有一丁点传到我身上，我一时尴尬得接不上话。陆先生当然也看出来了，于是把话题岔开："虽然我比你父母年长不了几岁，不过，按师门规矩，你得排到徒孙辈啦。"说完朗声大笑，那股子胸襟坦荡的侠气，完美地契合了我儿时想象中的一代宗师。

从此，"徒孙"和"师祖"成了我和陆先生闲聊时最常提的"典故"。我曾张罗请陆先生到我任职的出版社给青年编辑做业务培训，本来也是随口一提，没想到曾推掉无数大型活动的陆先生爽快应允，还手书三页纸的提纲，嘱咐我打印好事先发给来听讲座的同人。讲座名为"向外文编辑们进数言"，勉励我们务必以"知书习业、查己识人、深谙语言、比较文化"为己任，穿插其间的是十几个双语案例。昨天找出来，提纲上的黑色水笔字迹清晰如昨。再细看，有些短语旁边还有淡淡的铅笔字："请打作斜体。"

陆先生人生的大半精力，都用在编撰辞书、高校教学和莎学研究上。相比之下，尽管他一直对英译汉很有心得，留下的数量有限的几部译著却只能展示其才华的冰山一角。前几年我与编辑冯涛"密谋"请陆先生出山翻译英国作家格雷厄姆·格林的传记《生活曾经这样》，打动他应约的是格林追忆童年往事时举重若轻的口吻，恰与他近年的情绪合拍。不过，我们还来不及窃喜太久，就不安起来。因为他的学生告诉我，陆先生每有稿约便急于"偿债"，译到兴起还会熬夜，不到两个月已经完成大半，间或还要与时时作祟的心脏讨价还价。我说："您悠着点啊，不是说过一年后交稿吗。"他摆摆手，说："伸头一刀，缩头也一刀，不如早点了却心事。"

问题是，陆先生的心事了完一件还有一件，教书之余要翻译，译文之外有辞书，英汉完了有汉英，第一版之后有第二版，勤勉不辍，无穷匮也。心无旁骛，一息尚存就要"榨取时间的剩余价值"，这大约是陆先生毕生的态度。于健康而言，这有点与虎谋皮的意思，但换个角度——从像陆先生这样的老派文人的角度想，留下实实在在、泽被后世的成就，或许是征服时间这头猛兽的唯一办法。

然而猛兽总在暗处咆哮。站在陆先生的灵堂前，我想把时间往回拨两个月。那时，我的翻译遇到难题，没敢惊动"师祖"，只在朋友圈里发了一条求助信息。没过两分钟，小窗就亮起来，陆先生（他的昵称是"Old Ginger"——"老姜"）照例主动提出他的解决方案，照例加上一句"斗胆建议，不怕犯错，真是仅供参考的"。

时间再往回拨三个月，陆先生听说我在学着写小说，嘱我务必将已发表的文章寄过去让他过目。我想他往日更爱看传记，很少看当代小说——何况是像我这样的"实习作者"。我想他问我讨，不过是鼓励"徒孙"的客套。没想到他不仅认真读了，还强烈建议我扩展小说里的一条人物线索："希望看到你下一篇写一个出生在二线城市里的人物，我想看。"

如果能再往回拨一个月，时间就定格在二月份吧。那天，我跟几个朋友去陆家，他一见到我就开玩笑，说我控制不住体重就像他戒不了烟——然而，减肥的事情以后再说吧，他家冰箱里的冰激凌是不能不吃的。那天，陆先生笑眯眯地看着我们吃完，状态之好，兴致之高，是我近几年从未见过的。那时，春节刚过，小小的客厅里洒满午后三点的阳光，时间的猛兽在打瞌睡，你简直能听见它轻微甜美的鼾声。

（摘自《读者》2018年第1期）

世界上最勇敢的事

单子轩

1

直升机从海拔4000多米、距离珠峰5公里的南坡营地起飞。1986年出生的吉林姑娘于音，在重达30公斤的翼装服里套进了登山羽绒服和加厚卫衣，以抵御零下几十摄氏度的低温。窗外的色彩随着高度的攀升一层层过渡，先是树的绿，再是山和更高的山的灰，接着是深灰色勾边的雪山的白。

8844米。经过15分钟的爬升，飞机达到平视珠穆朗玛峰的高度，飞行员告诉于音可以准备跳舱。深吸一口气，舒展了一下臃肿的身体，于音走到舱门处。10秒后，她径直跳下。

翼装飞行，可以使人类张开翅膀，接近鸟类飞翔的状态。这项运动由跳伞衍生而来，是世界六大高危极限运动之首。

于音是全世界第一个翼装飞向珠穆朗玛峰的女性，也是第一个做这件事情的中国人。每次翼装飞行，于音都感觉特别爽："就感觉，我在驾驶自己的身体。"

2

2017年11月3日早上9点，于音从直升机上一跃而下。喜马拉雅山区10点左右会开始上云，上云时总伴随着风，有风就没办法跳伞。于音必须抓紧时间起跳。

跳出飞机，于音背着氧气筒、降落伞包、备用伞包的身体，开始小幅度地转动。两秒之后，于音凭着感觉摆正了自己的身体。随后，她张开双臂，双翼随之打开。翼装模拟蝙蝠翅膀，在周身缝制大量气囊，形成飞行的升力。于音开始驾驶自己的身体，眼底连成片的白色山脉不断往后退，她像一只大鸟，向着珠峰滑翔。

向珠峰飞去的过程里，"珠峰就那么静静看着，像一位女神一样，你来、你走，都和她没有关系"。一刹那，于音感觉"特别平静"。

"我的生活，对我个人而言，很平淡。你们看到的是我要挑战人类极限，我看到的是去一个人特别少的地方，特别平静地做一件能让自己感到平静的事情。"

翼装飞向珠峰，是于音30岁那年许下的愿望，当时她已经跳过8年伞，接触翼装飞行也有6年了。

2016年夏天，正是日子过得舒服的时候。当时于音在美国的一家世界500强企业做部门经理，一周只上4天半的班，每年工作11个月，拿13个月的薪水，她还刚刚帮公司做完针对竞争对手的并购案。那段时间里，于音一个人住在芝加哥的公寓里，每天过得逍遥自在，却能一眼看到30年以后的生活。她犹豫了一年多，要不要辞职去专职跳伞。

直到6月下旬的一天中午，正在办公室上班的于音突然觉得窗外的阳光特别好："这种天，坐在这儿，不是浪费吗？"跳伞基地刚好每天中午12点开门，于音没请假就去了。

"那天天气太好了，既不冷也不热，阳光既不刺眼也不弱。那天芝加哥的湖，那个蓝啊。"于音讲起那个下午，"老板给我发短信，我没回。跳完伞，我在那儿想第二天怎么解释。编不出来，那算了，干脆不干了，省得编了。"

辞职后，于音发现自己还没到30岁——她的生日在9月。"哇，太好了。我还是在二十几岁的时候做的这个决定，没有把这种无聊的生活带入下一个阶段。"决定把跳伞作为事业后，在珠峰、南极和北极翼装飞行成了她的目标。"世界上没有任何一个女性做过这件事。我就是想证明，我们女孩儿也可以翼装飞行，也可以挑战极限。"

3

在空中飞行53秒后，在离地1158米处，于音打开降落伞。因为山间乱流，原本平展的降落伞有些往里收，于音开始往下掉。山间乱流是喜马拉雅山区非常不适合跳伞的原因之一：正如所有机场都建在特别空旷的地方，跳伞也要在空旷的场地着陆；而喜马拉雅山区地形复杂，可能有10层不同的风，而且温差特别大，上下温度层的气流在对冲的时候可能出现下旋。

离地只有两三百米了，伞还是没有完全张开。停机坪上等待她降落的人都吓傻了——如果开备用伞，先要把主伞扔掉，而这个高度，没等打开备用伞，人就已经到地面了。

在刚产生翼装飞向珠峰的想法时，于音就四处碰壁。最开始，技术团队的项目总工程帅曾严肃地问于音："你确定要这样做吗？"总工程师的担心是有原因的：现有的极其有限的经验数据都出自男性，而男女身体结构不同，这意味着于音在训练上没有任何经验可以参考。"是的！"于音回答。

伞往里收的时候，于音什么都做不了，只能默默祈祷。

所幸，伞抖了抖又展开了。在空中飞行10分钟后，于音在飞机出发的停机坪上着陆。那一刻，她只说了一句："累死我了。"

翼装飞向珠峰3天后，于音在珠峰脚下埋下了一张自己和前男友的照片。两个人同窗6年，相恋6年，都喜欢摇滚乐。照片里，他们穿着海魂衫，系着红领巾，约定要步入婚姻的殿堂。

可是真的到双方家长催他们结婚的时候，于音退缩了——她从小就觉得自己可能永远不会结婚。从此两个人渐行渐远。

"很多人问我，世界上最勇敢的事是什么？我觉得最勇敢的事真的不是翼装飞行，而是结婚。"对于音来说，最可怕的其实是一成不变的生活。

（摘自《读者》2019年第1期）

他遇到了那些歌

韩松落

4月16日，多年前的这一天，音乐家王洛宾和三毛在乌鲁木齐见面了。

当这个消息传出来的时候，整个文艺圈为之震动，几乎所有的重要媒体都报道了这个消息。

中国文化史中，有那么多次见面，李白见杜甫，萧红见鲁迅，这些见面，各有各的情境，也各有各的缘由，但唯独三毛见王洛宾，是那么特别。他们不在同一个领域，不在同一种语境，甚至似乎不在同一个时代，但他们打破这重重坚固的"次元壁"，见了面，并且怀着善意，试图创造一份情谊。

只是我们都知道，这次见面的欢愉并没有持续太久。4个月后，三毛去世的消息传来，王洛宾写下一首名为《等待》的歌：

你曾在橄榄树下等待再等待

　　我却在遥远的地方徘徊再徘徊

　　人生本是一场迷藏的梦

　　且莫对我责怪

　　为把遗憾赎回来

　　我也去等待

　　每当月圆时

　　对着那橄榄树独自膜拜

　　你永远不再来

　　我永远在等待

　　等待，等待

　　等待，等待

　　越等待，我心中越爱

或许，他们在寻求更大的印证、指认和映照。

诗和诗的印证，诗人和诗人的映照。

1

　　我的朋友李修文写了这么一段话："我们中国人，无论身处什么样的境地，总有那么一两句诗词在等待着我们，或早或晚，我们都要和它们破镜重圆，互相指认彼此。"

　　他还说，中国诗词的好，不是因为一两句所谓的好句子，它早已变成身份证一样的东西。当我们的人生遇到一些关口、要害，当我们遭遇一些不为人知的幽微体验时，可以被这些诗词准确地映照。就是说，我们的经验和感受，已经被那些看似古老的句子说尽了，它们已经抵达终点，在那里等着我们。

如果有一天，我们还需要提出这样一个问题，有哪些歌，在情感和经验的终点等着我们，等着我们的指认和印证，那么，王洛宾的歌，必然是其中很重要的一块。

王洛宾的歌，作为一个整体，冲破了自己所在的时代，也冲破了自己所依赖的地理环境。《在那遥远的地方》《掀起你的盖头来》《达坂城的姑娘》《在银色的月光下》《半个月亮爬上来》《永隔一江水》《青春舞曲》《康定情歌》，它们总是等在某个地方，等着映照我们。

2

只要你来过孕育过这些歌的地方，就知道它们为什么会被赋予这么强大的期待。

干旱、降水少、土地贫瘠，很多地方是荒山、戈壁、沙漠，山多、沟深，交通不便，从一个地方到另一个地方，往往需要很长时间，甚至从一个村庄，到另一个肉眼可见的村庄，也要走很久。

实地见识过西北的风貌之后，你才会知道，为什么西北人那样唱歌、那样穿衣服，为什么唱歌那么重要。

比如花儿的发声方式，那种竭力突破人体器官功能的极限，加强共鸣，强化声音穿透力的歌唱方式，以及唱歌的时候，把手搭在嘴边做喇叭状的姿态，都是为了让声音传递得更远。这是人在荒野中训练出来的歌唱方式。

还有新疆乐手在演出时，往往有大量的即兴、变奏，不管你是舞者还是歌者，想要加入他们，都需要长时间的练习，才能建立默契。那是因为他们的演出，通常是在家庭、村镇的聚会上进行的，没有形式的限制，也没有时间的要求。反而，因为白天太长了，出行太远了，有大量的时间需要消磨，每一首歌都要变来变去，每一次循环，都要加入新的元素，才能抵抗漫长的时间和遥远的距离。

所以丹纳在《艺术哲学》里说，一个地方的艺术，和这个地方的地理、气候、物产乃至居民性格，息息相关。

只有从这些元素里长出来的歌，才有强大的力量。这些歌为什么会有这么强大的力量呢？李修文在一次演讲中这样解释，因为这种从原始的环境里自然生长出来的文化，往往是"根本词汇"，或者也可以说，是"元故事"，是我们最基本的情感要素，也是最基本的叙事结构模型。

就像荞麦说的："我发现人有一个特质，那就是你刚好能承受你所遭遇的。"

王洛宾在他遭遇的那些人生重要关口，遇到了那些歌，记下了那些歌，并用自己的方式，对它们进行了再创作。那些歌因此就像黑匣子，记录了那个时代，也记录了那个时代里的人的特质——那个时代，人似乎更浓烈、更淳厚。那些歌更记下了乱世之中的情谊、勇气和乐观。在曾经的荒莽乱世中，人们依然热烈地唱着姑娘、大眼睛、月亮、哈密瓜、玫瑰花。

最重要的是，王洛宾和他的歌，蕴藏着一种可贵的信念，他相信"音乐世界的绝对真实"，那些人的浓烈特质，那些勇气和乐观，爱和希望，是真实的。不是出自歌者的虚妄，也不是出自创作者的无限度添加。而是因为"在苦难之中，为别人创造出美好，这就是生命力"。

这种相信，让他的歌成为信念的载体。

承载信念，歌是效率最高的载体，因为"语言有时容易产生误解，所以用音乐"。

记录了这些人和事，蕴藏着这种热情的歌，就像煤块，储存了太阳的能量，在人们需要的时候释放出来。

不论在什么时代，不管是在新疆、青海还是其他地方，这些"煤块"都能熊熊燃烧，释放出爱、希望和勇气。

"歌"这种东西，在这里被夸大了，它成为地外星球的生命驱动元素，成为几代人的激情催化剂。

3

我们本地有句俗语，"吃了五谷想六谷"，五谷，是生活之必需，六谷，是余情余孽，是奢望，是虚幻的、不切实际的一切。但事实上，"五谷"中就已蕴含"六谷"，我们不是为生活必需的饮食而活着，而是以生活必需为支撑，去追求那些"六谷"。

当生命终止的时候，"五谷"是要还回去的，而"六谷"却能留下来。就像谢铭祐在《泥土》里唱的，"从土里来，往土里埋"，他唱的是我们永远无法摆脱的宿命：我们的身体，与泥土、青草、朽木同构。但那些来自泥土的歌，却能摆脱这种宿命。

王洛宾和他的歌，也是这种带着使命的歌。可能在他游走西北大地，收集歌曲，记录歌曲，改编再创作的时候，他没有意识到自己的使命，这种使命是要拉远距离，要从"大历史"的角度才能看到的。

他只是忠于他的信念，用他的方式，去收录蕴藏在那些原初民歌中最基本的东西：爱情、热情、生命力、勇气、忧伤，并且对它们进行再创作。但正是因为这种懵懂，这些歌才毫无目的，也因此蓄满生命的原动力，才能成为"根本词汇",成为"元故事"。

这些"根本词汇",不管包裹了什么样的地理、民族外衣,不管用了什么节奏、乐器,都不会阻碍它们被理解、被领会,更不会阻碍它们的传播。即便他歌里的月亮换成星星,草原换成森林、换成大海甚至都市,这些歌依然成立,歌里的情愫依然芬芳。

这也是所有"歌"的使命。

在苦难中,创造美好,在荒漠中,点燃篝火,这就是歌的生命力所在。人们相信这样的未来,也就更愿意吟唱和传递这样的歌,歌因此获得了久远的生命力。

（摘自《读者》2021年第14期）

听从你心，无问西东

高小宝

1

北京有一位名叫王岩的"的哥"，他在车上准备了一个小本子，每当有人坐他的车，他都会拿出本子让乘客在上面写几句话。在毫无准备的情况下，人们往往会把自己心里最真实、最美好的想法写出来，因此，"平安""生活""健康""希望"是留言本里出现频率最高的词语。

北京是一座外来人口众多的城市，生活压力也大，可是通过这个留言本，许多从未谋面的人有了交流。有的人心情低落，看了留言本上的话，下车时笑得合不拢嘴；有的人高兴地上了车，却被留言本上的某句话击中了内心的柔软，以致泪眼婆娑。因为受到了别人的鼓励、安慰和感染，每当王岩请乘客在本子上留言时，很少有人拒绝。于是本子上的留言越来越多，短短4个月，车上已经攒了3个写完的本子，上面写下了1687条留言。这些留言也给王岩带来了温暖和力量，让他知道这座城市里有许多人和他一样，虽然从事不同的工作，可每个人都有脆弱、迷茫、艰难或高光的时刻，这时候，陌生人的一句问候、祝福和鼓励，就能让人感动、幸福和开心。

如今，王岩的留言本上，留言仍然在不断充实，越来越多的人在这里得到快乐、释放、鼓舞以及对美好的向往，他的车被大家称为"解忧车"。王岩不知道自己会在北京待多久，但只要在这里一天，他就会坚持把这件事做下去。他不觉得做这件事有多麻烦或多文艺，每天接触形形色色的人，自己努力工作赚钱，如果刚好帮到了那些需要帮助的人，他就认为自己没有白来这座城市。

2

江苏有一位叫穆阳的网店老板，他给顾客发货时，总会在包裹里装上一张卡片。这张卡片不是"好评返现"，而是走失儿童的寻人卡片。这张不大的卡片上印着走失儿童的照片、姓名、出生年月、失踪地点等信息。

这个念头来源于电影《失孤》，影片讲述了一位父亲寻找被拐卖孩子的故事。同样身为父亲的穆阳看后心情久久不能平静，于是，他决定制作走失儿童寻人卡，连同货物发往全国各地，希望以此寻得更多线索，让那些丢失的孩子找到回家的路。很快，小小的卡片引发了大家的关注，一些走失孩子的家庭纷纷联系穆阳，希望他能在卡片上印上自家孩子的信息，也有人专门来给穆阳点赞，穆阳的店铺访问量一下子增加了许多。

有人质疑穆阳在借此营销炒作，但很少有人知道，穆阳制作这些卡片都是自掏腰包，而且因为很多人以为他的店铺是公益平台，在评论区里不是讨论孩子，就是留言点赞，真正下单购物的人并不多。但穆阳很少对别人提及和解释这些，在他看来，自己就是想做点好事，他并不想让大家在知道实情后，把自己捧得太高。

这件事，穆阳已经坚持做了两年，累计为30多个走失儿童的家庭发出了10万多张寻人卡。虽然至今还没有一例寻找成功，但穆阳想做好事的念头依然未变。

3

20世纪90年代，邻居孤寡老人苏婆婆的老房子坍塌了，徐惠明就把苏婆婆接到自己家里居住。后来，徐惠明家的房子拆迁，他便给苏婆婆在距离自己家不远的地方租了一间房。这期间，政府组织了一次土地登记，因为苏婆婆的房子早已坍塌，村里又经过了拆迁重整，苏婆婆就变成了无房户。再往后，随着苏婆婆年老体衰，徐惠明又自掏腰包将苏婆婆送到敬老院安度晚年。

敬老院如果有事需要徐惠明出面，他都随叫随到，对待苏婆婆，他始终就像对待自家人一样。2016年，92岁的苏婆婆去世。徐惠明按照当地风俗，为她操办了后事。作为村里无房的孤寡老人，苏婆婆生前申请过80平方米的宅基地用于建房，可是这块宅基地直到2017年才批下来。2020年，苏婆婆名下的这块宅基地要被征用，得到了一笔征用款。苏婆婆生前没有任何财产，过世时也没有立遗嘱，然而对于这笔钱，村里人一致认为应该由徐惠明继承，理由是苏婆婆和徐惠明虽然没有血缘关系，可苏婆婆在世时，一直是徐惠明在照顾，而且照顾的时间长达30年。当时的苏婆婆无依无靠，徐惠明不图任何回报，对待苏婆婆就像亲人一样，这样的好人应该有好报。

生活中，像王岩、穆阳、徐惠明这样的人再普通不过了，他们做的事也并非轰轰烈烈、惊天动地，而是细水长流，透着人性的微光。他们用一点点善为世间播撒温暖和美好，让人感佩又动容。但愿每个平凡的人，都像电影《无问西东》里说的那样："愿你在被打击时，记起你的珍贵，抵抗恶意；愿你在迷茫时，坚信你的珍贵，爱你所爱，行你所行，听从你心，无问西东。"

（摘自《读者》2021年第14期）

我的 1999

吴晓波

1999年，马云在杭州自己的家中创办了阿里巴巴，他对追随他的17个人承诺，将带领他们打造出全世界最牛的电子商务公司。不过，因为只有50万元的创业资本，所以每月只能给每个人发600元的工资。

1999年，深圳润迅的年轻工程师马化腾把大学同学张志东叫到一家咖啡馆，急切地说："我们一起办一家公司吧。"他们又招揽了另外两位同学和一位懂销售的朋友，凑齐50万元，创办了腾讯。

1999年，在上海一家国有企业当董事长秘书的陈天桥面临一个恼人的选择，他是该拿仅有的50万元去买一套房子呢，还是用它去创业？在妻子和弟弟的鼓励下，他决定冒险，辞职创办了盛大。

这几个发生在1999年的50万元的故事，已经成为当代青年创业史上的传奇。

其实，那一年，我也有50万元。

1999年开春，我的同事、好朋友胡宏伟约我去浙江淳安的千岛湖搞调研。到了那儿，县里的开发公司透露说，他们有意将一些小岛拿出来做生态农业开发，鼓励私人承包经营。胡宏伟的小眼睛当时就亮了。

开发公司包了一艘船，带着我们遍览全湖，很豪气地说："你们要哪片地都可以。"

千岛湖还有一个名字，叫新安江水库，是中华人民共和国成立后的第一个大型水利建设工程，为此迁移了30万人，淹掉了整个淳安老城，龙应台的妈妈家就沉在了湖底。这里的山水号称江南第一，水质之佳更是举国无双。

舟行水面，排浪碎玉。宏伟像个农民一样蹲在船头，望着湖面痴痴出神，这个神情深深地打动了我。他是当时中国最好的报道农村的记者之一，对土地、庄稼有宗教般的热情，"如果咱们有这么一个小岛……"他用极诱惑的语调，欲言又止。

接下来的事情是：他先给农业部产业政策与法规司打电话，认定此事合法。然后，与我一起看中了东南湖区一块140多亩的半岛山林地。开发公司伐去山上的松木林，我们种进去了3000多棵杨梅树。杨梅属乔木植物，从苗木入土到结果采摘长达8年，农民很少有人愿意成片开发，因此，我们的半岛便成了杭州地区最大的一片杨梅林。

承包半岛、种植苗木、建筑房屋，花了我们50万元。

如果，在1999年，那50万元没有用来买岛，而是去创业；如果，那年在杭州的马路上骑自行车，碰巧撞翻了马云，然后成了阿里巴巴的股东；如果，那年拿50万元全数去买了王石或巴菲特的股票……有一次去大学演讲，跟同学们聊及这些"如果"，大家都嗨得如痴如醉。

其实，1999年，我正在进行着一项秘密的写作计划。上一年，受东亚金融危机的影响，中国民营企业界发生了改革开放后的第一次大倒闭浪潮，爱多、南德、瀛海威、巨人等大批显赫的企业土崩瓦解，我行走各地，实地调研，将之一一写成商业案例。

2000年1月，此书出版，取名《大败局》，它改变了我之后的写作命运。如果用1%的阿里巴巴股票，换一部《大败局》，你换还是不换？

半岛上的杨梅长得很缓慢，没少让我们费心。压枝、施肥、除草、采摘、销售，以及与周围的农户斡旋，每年都有诸多的烦心事。从投资回报率来说，农业从来不是一个赚钱快的产业。司马迁在2000多年前就说过了："用贫求富，农不如工，工不如商。"

这10多年来，我到岛上的次数并不多，每次栖居数日，又匆匆离开，回到喧噪嘈杂的都市里，归根结底我还是属于都市的。不过，那里带给我的别样的快乐，却是无法用金钱来量化的。

千岛湖的天是那么的蓝，空气中有种处子般的香气，天很近，草很绿，时间像一个很乖、很干净的女孩。在这里，生命总是很准时，没有意外会发生。院子里的草在该长起来的时候适时地长出来了，就像那些似是而非的烦恼，你去剪它，或不去剪它，都仅仅是生活的某一种趣味而已。

到了酷暑盛夏，我们会摇一只小木舟到湖中心，试试水温，觉得还可以，便跳下去游一会儿泳，然后躺在摇摇晃晃的小船上看天上的云。千岛湖的水真的很好，人在水中好像嵌在里面一样，一眼可以看到自己的脚趾。因为空气很清新，因而声音传得很远，岸边渔家夫妻打情骂俏的声音都遥遥地传来，听得很清楚。

我们的屋前有一片不大不小的草坪，正对湖面，种着七八种不同的花木，中央有一株长得很繁茂的桂花树，这是1999年从杭州运来种下的。

每年桂花盛开，风过叶响，它就不停地摇，好像一个很喜欢显摆的小妮子。

人生的路，有的时候越走越窄，有的时候越走越宽。但每一次选择，都注定意味着无数的错过。

1999年以后，我保持着每年创作一本书的节奏，我觉得这是一个职业作家的自我约束。这些书有的畅销一时，有的默默无闻，有的还引起了诉讼纠纷，但在我，却好像农民对种植的热爱一样，既无从逃避，又无怨无悔。

我们读书写作、创业经商，都是为了让自己的生活变得更好。不甘于现状，才有可能摆脱现状。同时，我们也应当学会不悔过往，享受当下。

人生苦短，你能干的事有很多，但真正能脚踏实地去完成的事却很少。正如索尼创始人盛田昭夫说过的那句话："所有我们完成的美好事物，没有一件是可以迅速做成的——因为这些事物都太难、太复杂。"

（摘自《读者》2015年第11期）

向上的风

郑彦英

连绵的灰色戈壁滩，蜿蜒的黄色祁连山，还有旷野里的灰白色风车，缩成一团的苍黄色梭梭草，颜色接近，一望无际。虽然汽车高速行进，但景色似乎不变，因为近处和远处几乎完全一样。

忽然传来一声唤："到瓜州了，下车吃瓜。"

路边搭了个简陋的布棚，棚下放着长条桌和方桌，上面摆着西瓜和哈密瓜，一个长相普通的中年妇女朝我们微笑，身后是一个八九岁的女娃。要了一个哈密瓜和一个西瓜，搭眼看去，以我在郑州的经验应该在50斤左右，上秤一称，却不到40斤，不禁感叹。

切开了，哈密瓜是黄瓤，西瓜是红瓤，颜色就把人锁住了，一入口，那种甘甜爽利，顿时让人进入忘我境界。

女老板把刀放在条桌上，似乎是下意识地擦着手，女娃在一边收拾瓜皮。"有水呢，洗洗手。"女老板说着，指指旁边一个木桶。

木桶平放在桌上，装着一个水龙头，水流很细，但在大戈壁上，已经难能可贵。

我不禁问女娃："跟你妈卖瓜呢？"女娃点点头。"咋不上学呢？"女娃一笑，没看我，还是擦着桌子，说："暑假呢。"

车开出很远了，我们才收回了眼和心，便情不自禁地感叹着在瓜州吃瓜的特殊感觉，甚至还说到了意义。

一个多小时以后，我们迫不及待地奔向月牙泉。

一汪泉水，清澈如仙女的清泪，周围任何一座沙山倾泻下小小一角，都会把月牙泉埋掉，但是尽管棱角分明、曲线妩媚的沙山就立在那里，千百年来，月牙泉却安然无恙。

风忽然来了，裹着黄沙，打着脸和眼。眼当然紧紧闭住了，心里却在想，不说沙山下来，就这风裹的沙子往月牙泉里一落，不出十天半月，月牙泉不被沙子填满才怪。

脸上没有沙子打了，便睁开眼，却发现那阵裹沙子打我的风是一个庞大的风团，灰苍苍的风团已经吹到沙山底部，然后昂着头，竟然直直地朝上吹去。一个人的帽子被风卷了起来，帽子和沙子被风裹着，很快就到了山顶，转眼之间，就翻过山去了。

我不禁感叹："月牙泉的风有灵性，沿着沙山往上走。"

同行的朋友认真地说："不是什么灵性，月牙泉周围的山势，决定了不管多大的风，一旦进入月牙泉区域，必然往山上走，不但能带走风里的沙子，甚至能裹挟沙山上的黄沙。"

这番话让我感慨万千，为什么我对奇特的自然现象，都要加上人性的思考呢？为什么要强加给它们所谓的高尚和深刻呢？

　　这种反省持续到回去的路上，我不禁想到了瓜棚下的母女。她们那不卑不亢、真实善良、让戈壁滩不再枯燥的微笑，也许就如这向上的风，是本性，所以才那么平实真切。

　　风，向上的风，正因为很难遇到，所以让我难以忘怀。

（摘自《读者》2015年第23期）

修路爷爷

三秋树

82岁的张作梓病倒了，胃癌晚期，住在辽宁省肿瘤医院里。

这位拿着低保、老伴卧床的老人为沈阳修了25年的路，却依然没有修够。大家叫他"愚公"，称他为"最美的修路爷爷"。

把脚下的路和心里的路修好

1987年，为了让儿女们有更好的发展机会，张作梓带着妻子王秀美和三儿一女从山东安丘来到沈阳，在东陵区下木场包了一片地种菜，地里的蔬菜是一家人的生活来源。日子虽然不富裕，但老人一家过得相当知足。张作梓6岁那一年，眼睁睁地看着自己的父亲被日本人的狼狗咬死，然后他被过继给婶娘家。能够娶妻生子，有一个属于自己的小家，他觉得浑身有使不完的力气。

　　彼时的城乡接合部到处都是土路，每次运菜出去甚至比种菜都辛苦。于是，张作梓就带着儿子，推着手推车，从河边拉石头回来，每天干完地里的活儿就去铺一点儿路。渐渐地，路平了，乡亲们对这户外来人家也和善起来。逢张家种菜忙不过来的时候，乡亲们就会来搭把手，这让张作梓感动不已。

　　随着菜越送越远，张作梓修路的范围也在扩大。一日，他看到一辆大卡车陷在路边的坑里，卡车侧翻，拉的一车废铁都散落在路上。路人有看热闹的，也有乘机想哄抢的。张作梓见了，先是阻止了那些想哄抢的人，接着拦了路上一辆电动三轮车，帮着将废铁装到三轮车上，让其将废铁一趟一趟运到最近的废品回收站。张作梓的行为令卡车司机无比感动，非要塞给他200元钱，可是，他说什么也没要。

　　但这件事情并没有结束，当天晚上，送完菜回到家里的张作梓把自家的水泥、沙子、铲子、抹子、锤子等装上"倒骑驴"，来到了白天翻车的地方，用了一个小时的时间把那个坑填平，又用水泥补上了。怕路不干被过路的车给压坏了，他就把人力车当路障，摆在那里，自己坐在路边看着，直到水泥干了为止。

　　此后，张作梓每天出去送菜，总是把水泥、沙子等随车携带，看到马路上哪里坏了，就修修补补。常常天不亮就出去送菜，可是天黑了也不见人回来。家人一打听，他也瞒不住了，才不得不招认自己是修路去了。为此，家人叫他"愚公"——"到处是路，天天都有坏的地方，你能修得过来吗？"张作梓并不在意——能为这个自己居住的城市做点啥，他心里舒坦着呢。

　　张作梓修村子进城送菜的土路，儿女还可以理解，可是，他这样每天自己搭钱修跟自己家不相干的路，让孩子们相当不理解。有一天，张作梓直到晚饭时还没回来，孩子们担心他出事，于是四处去找，结果在离家五公里外的公路上找到了正在修路的张作梓。三儿子当场就跟爸爸发了火。脾气一向很大的张作梓并没有骂儿子，而是在回家的路上破天荒地跟自己的孩子们讲了一件往事——在安丘农村有个叫傻柱子的智障孤儿，老挨大家欺负。只要是张作梓碰见，就把那些欺负傻柱子的人赶走，有时也会给傻柱子一些吃的。可是傻柱子智力有缺陷，犯起混来时，会拿石块得谁打谁，包括张作梓也挨过他的打。可是，张作梓从来不跟他计较。一个夏天下大暴雨，张作梓从镇上拉车回来时，车陷在村头的深水湾里，雨大坑大，连求助都没人听得见。这时，傻柱子来了，连伞都没打，淋得像只落汤鸡，还傻乐着。那天，是傻柱子帮着张作梓把车推了出去，一直送到了家。"这辈子，不定谁会帮到谁，谁会渡着谁。所以，先修路，把自己心里的道儿和脚下的道儿修好。"

从此，张作梓再去修路，儿女们再也不说什么了。他修路的范围在扩张，技术与技巧也在提高，三轮车当路障既碍事又不方便，他就让妻子王秀美拿红布做了几面小红旗，插在木棍上，远远地提醒过路的司机们。纯水泥凝固的时间较长，常常抹上去就被压坏了，于是，他到处跟人请教，知道了往水泥里加盐会凝固得快一些……有时，过路司机会把头伸向窗外，向老人竖起大拇指；还有人会把车停下来，递给他一支烟，拉拉家常。当然，也有好心人看着老人寒酸的衣着和修路设备，想给他一些钱，可是每次老人都会拒绝，而且给出的理由很有说服力："我要是拿了钱，这修路的性质就变了。你就让我理直气壮地干点好事吧。"

一个好人的价值账单

可是，张作梓的苦难并没有结束，而且厄运称得上接二连三。

先是最小的儿子被掉落在地的高压线电击身亡，接着女儿又身患重病，另外两个儿子靠卖烤地瓜维持生计，日子过得仅仅是果腹而已。

在这样的日子里，作为一个父亲的无力感是很容易将一个人打垮的。张作梓依然和老伴经营着菜地，以那微薄的收入自食其力，并不时给儿女们一些接济。一向对他修路不支持也不反对的老伴在埋葬了小儿子后不久，一下子买回了九袋水泥，还买回了一把新铲子，她对张作梓说："修路吧，把你心里的苦都拿水泥给封严实。过日子，不就跟那道儿一样，哪能没坑儿没洼儿的，修修就好了。"第二天，张作梓出家门时，老伴递给他一个热乎乎的小包，包里装着一个玻璃的老式输液瓶子，用毛衣严实地包着，里面装了热水；还有一个塑料袋，里面是煎饼卷大葱。直到中午，张作梓吃的时候才发觉，那天的大酱里，是放了肉末的。坐在路边，看着车来车往，张作梓的眼泪一滴一滴地落在煎饼上。

后来，女儿病了，住在中心医院里。张作梓每天就在送菜和去医院的路上奔波。一次，老人去医院时，女儿恰巧从病房里被推出去抢救，手术做了5个小时，张作梓就在手术室门外等了5个小时，直到女儿转危为安。从医院里出来，天已经黑了。张作梓刚出医院，手推车的一个轮子便陷在路边一个丢了盖的窨井里。张作梓把车推了出来，走了两步，又回去了，从车上取下那些小红旗，插了上去，以便给路人提示。可是，回到家里，张作梓依然心事重重。这哪里逃得过老伴的眼睛，几经追问，张作梓才说出自己的担心。老伴瞅了瞅家里的时钟，已经是夜里9点了。再一看张作梓的脸色，老伴拿出家里的木方和卷尺，对张作梓说："你就估摸着尺寸给那井做个盖子吧。"张作梓三下五除二地做了个木制的井盖，准备往外走时，见老伴也穿戴好了，便问："你要干啥？"结果话一问出口，老伴眼圈就红了："我知道咱闺女住院了，你天天去，我不认识路，你就带我去一次吧。我这心里放不下啊。"

于是，张作梓踩着三轮车，拉着老伴和井盖出门了。老两口先是把井盖安了上去，然后又去看了女儿。两人回到家里已经是夜里11点了，可是，老伴王秀美却睡不着，翻箱倒柜地拿出了一样东西给张作梓。那是张作梓记了多年的日记。

老伴笑着对他说："接着记吧，把这些年在沈阳做的好事都记下来吧，别让自己闲着了，人闲才愁啊。"

也是打那天起，只要有时间，张作梓就拉着老伴一起去修路——跟自己漂泊了大半生的老伴身体越来越差了，他也不放心把她一个人留在家里，也怕她一个人在家里愁出病来。

结果，两人一出去，也就满眼都是活了。路边的瓶子可以捡回来卖钱，卖掉的钱可以买水泥。张作梓想带老伴逛逛公园，结果发现公园广场的很多地砖碎了，大大小小的坑常让过路和跳广场舞的人扭到脚。于是，两人也就无心看风景了，王秀美给老伴递工具，张作梓把那些小坑一一填平。

2008年，老伴王秀美的脑血栓发作，又伴随着脑萎缩，张作梓再也没法将老伴独自留在家里了。于是，每天只要他出门，就会把老伴带着。

夜深人静，把老伴安顿睡下了，张作梓就会拿出那本已经发黄卷页的日记，写下一天的路线，再看看自己从前的日记，喃喃自语："这辈子，也算没白活。"有时，他也会把这日记念给老伴听，想让那些过去的事唤醒她的记忆，常常读着读着，老伴就会插嘴："好样的。""你做得对。"

我们都爱你，最美的修路爷爷

2012年的深秋，老伴出不了门了，张作梓再也不能修路了，全心全意留在家里照顾老伴，给儿女们做做后勤援助。只是他心里很失落，一次酒醉，他对老伴痛哭流涕："我再也修不了路了。"

他怀念那些在路上的时光，怀念那段自己对这个社会还有用的岁月，更怀念在路上感受到的人与人之间的信任与温情。他以为，那样的温情再也不属于自己了。可是，张作梓错了。

2014年9月16日，张作梓被确诊为胃癌晚期，住进了辽宁省肿瘤医院。这个年纪，到这个医院来做复检，病情自然是瞒不过他的。"癌症"两个字彻底将这位82岁的老人击垮了。

他对儿女们说："这病，不治了。"儿女们一家过得比一家艰难，自己和老伴每月800元的低保，甚至都不够老伴吃药的。面对说一不二的父亲，儿女们为难了。可是，那些陌生人却留住了他。先是同病房的病友一下子就认出了这位"沈阳最美的修路爷爷"。看着他每顿只吃咸菜、馒头，病友把自己的饭菜、水果毫不吝啬地分给大爷一半。接着是医生、护士，然后是媒体，后来是一位又一位陌生人——20元、50元、100元、1000元、3000元……送来绝望中的希望。张作梓哭了，不管谁来，他都忍着剧烈的腹痛，起身写下对方的名字，可是，几乎没有人留下真实姓名……张作梓不上网，他不知道在互联网上，多少人为他的故事落下了热泪，而他的那些故事又温暖了多少人。

疾病让本来就消瘦的张作梓在两个月间体重减少了20斤，他看上去更加弱不禁风了。可是，第一次化疗结束后，他硬撑着虚弱的身体，对来看他的陌生人说："俺会好起来的。等好了，俺还去修路。"

（摘自《读者》2015年第8期）

许先生

路　明

　　见到许伯威先生时，他已经七十岁了。这位国内顶尖的理论物理学家，在校方的邀请下重新出山，给我们这些本科生上量子力学。

　　许先生一头白发，总是穿一件灰色的夹克衫，朴素干净；夏天则是灰色短袖衬衫。量子力学是物理系学生公认最难的课程。许先生讲课不用投影仪，不用幻灯机，坚持写板书。从普朗克到薛定谔，从海森堡到狄拉克，涉及无数抽象的演绎与推导。许先生每次上课都密密麻麻地写满四大块黑板，擦掉，再写满。逻辑清晰，一丝不乱。

　　被问起缘何选择研究量子理论，许先生笑言，当年他在南开大学读研究生时，学校组织批判"资产阶级学术理论"，分配给许先生的任务是批判狄拉克的量子学说。

　　那个年代中，这却是一个难得的可以静心读书的机会。许先生借"批判"之名，系统钻研了狄拉克的理论，大为叹服，从此与量子结缘，矢志不渝。

1970年，"东方红一号"卫星上天时，先生正在甘肃农村劳动。他身边没有任何资料，硬是从牛顿定律出发，推导出整个力学体系，进而计算出"东方红一号"卫星的轨道参数。与官方公布的数据比较，几乎丝毫不差。

许先生说："当时那种喜悦之情，溢于言表；回头想，多少岁月蹉跎，情何以堪。"

许先生给我们上课的那个学期，正值"本科教学评估专家组"前来视察，学校极为重视。

系里召开大会，反复教导我们，万一遇上专家私访，该如何作答。

此外，为展示我校学子积极向上的精神面貌，各宿舍摊派一人，每天早上六点钟去体育馆打乒乓球。

教务处也不闲着，派出人手在各教学楼蹲守，专抓那些迟到、早退等"学风不正"的学生。抓到就记过，取消奖学金及保研资格。

一时间人心惶惶。

那天上午，许先生正上着课，一位教务处的领导冲进教室，揪住一个正趴着睡觉的学生，要记他的名。

我听见许先生的声音："请你出去。"

领导愣了："我在给你整顿课堂纪律呢。"

"那么，请你尊重我的课堂。"许先生顿了顿，一个字一个字地说，"我不希望学生上课睡觉，但我捍卫他们睡觉的权利。现在，请你出去。"

领导脸憋得通红，犹豫了一下，怏怏地走了。

课堂里掌声雷动，经久不息。

今天想起这段话，我依然抑制不住热泪滚滚。没错，我就是那个上课睡觉的本科生。

从那天起，我没在许先生的课上开过一分钟小差。期末成绩九十八分，是我本科四年的最高分。

我们是许先生教的最后一届学生。一年后，我直升本校研究生，后来又读了博，成为一名高校教师。

在我的课上，我坚持不点名。我对每一届学生说着许先生的话："我不希望你们翘课，但我捍卫你们翘课的权利。"

2007年4月29日，许先生因病去世。按先生遗愿，丧事从简，谢绝吊唁。噩耗传来，很多老师和学生哭了。

记得有一节课，讲到电子轨道的角动量，先生仿佛在无意中谈及生死——一个人的生死，对宇宙而言，真的不算什么。总质量守恒，总能量守恒，角动量守恒。生命不过是一个熵减到熵增的过程。始于尘土，终于尘土。

我不知道，一个生命对于另一个生命，究竟意味着什么。是一个粒子轰击另一个粒子，一个波经过另一个波，抑或是一个量子态纠缠着另一个量子态？我只知道，在那样一个时刻，有一个人、一句话击中了我，照亮了我，改变了我前行的方向。

永远怀念您，许先生。

（摘自《读者》2021年第21期）

一辈子只做好一件事

祝小兔

手艺人是一个阶层。

只是这个阶层无比特殊，幸福感极强。在这个群体中，人是为了一门手艺打磨一辈子，至死方休的。世界之大，选择之多，手艺人只委身于其一。所以，这个阶层更像是一种境界，达此境界，一切泰然。

不为世俗标准而活，其实是很难得的，需要很强大的信念，去树立自己的价值观体系。人生本该多样。在手艺人那里，人生都很慢，一辈子只做好一件事，一生只爱一个人。没有谁知道自己能活多久，多活一天，就能多做一天自己喜欢的事。因为有一门专注的手艺，才不会为时间的消逝而恐慌，时间的作用是为手艺加冕。人本来就是这么简单，很小的事情，用生命去投入，就会有永恒的价值。

不只为谋生，而是人生价值的追索。这些价值是不能用常人的计算标准去衡量的。

他们有人拙，有人痴。有些是旧时代传承下来的手艺人，做着与社会脱轨的工作；有些是新时代的手艺人，更接近设计师甚至艺术家。有些是运用各式各样的技巧，有些以手艺为生，有些则把手艺作为生命的调剂，以抵抗这个时代的仓促，消减这个时代的无力感。

炫耀技巧就失去了灵魂。

尽管都在竭尽全力地呈现最好的技艺，但任何时候，技巧都不是最重要的。它是润物细无声的东西，是承托情感的无形之手。如果我们见到他们的作品并感到震撼，那么他们便不需要解释其中的一道道工序，可我又不舍得忽略这其中他们的付出和努力。但我相信，最高的技巧就是看不出技巧，或者说技巧都含在了作品之中。

无论是什么，不必拘于贵贱，哪怕是最不起眼的普通物品，在善用者手里，都像有了灵魂。打动我们的，不是他们能做出如何巧夺天工的物件，而是手艺人深刻理解材质的本性，顺意而为。

他们的手艺虽然毫无关联，却又息息相通。他们要专注于手艺，同时要有手艺之外的东西，这是让他们与众不同，也是让我无比着迷的地方。

他们从不省略，不做减法，不怕重复。他们是要有一些我行我素的个性，甚至是一厢情愿，才能避开纷扰，抵挡诱惑，忍受得了孤独和重复，并怀有一颗偷着乐的心。

在每门手艺中，我都能感觉到禅意，这是手艺人对这个世界最深情的表达。

（摘自《读者》2018年第3期）

有意思无意义的人生

倪一宁

　　2008年，杭州出了桩不大不小的新闻，交警拦下了一个开着拖拉机的青年，原因听来荒谬——拖拉机上站着一头骆驼。警方问讯后得知，这峰骆驼是他在新疆买的，他一路开着轰隆隆的拖拉机，载着水土不服的骆驼，从南疆走到了南方。警方做主，把那头骆驼卖给了附近的动物园，又给了他一笔交通费，让他回了福建老家。这个年轻人太配合，第二天就坐火车走了，没给记者们发挥的余地，也没给新闻发酵的时间。

　　告诉我这则过气消息的，是朋友老K。那时我们几个人入深巷，过小院，寻到了一家私房菜馆。桌上花煎蛋异香满口，芝麻菜烧豆腐能鲜掉眉毛，沸腾的大砂锅里炖着肉皮和蘑菇，浓汤从喉口热到指尖。老K的笑话奇谈最下饭，我们对着一锅明晃晃的、映得人满脸生光的白饭，催问他后来如何。

老 K 得知这宗新闻后，立刻奔往杭州找人，当然，他也扑了个空。但他通过朋友知道了年轻人的户口所在地，是闽南的一个小村落。月底，他驱车前往，房子是空的，问了左邻右舍，说那个年轻人若干年前进城务工，没回来过，再问下落，就摇头了。老 K 在空房子前坐了会儿，掸了掸屁股上的尘土，起身想走。一个邻人追了出来，自称是本地中学的教师，他递给老 K 一张纸条，请他留下联系方式："等肖飞回来了，我跟他说，外面有人来找过他，让他给您回电话。"

对了，这个年轻人叫肖飞。

他们互换了手机号码，老 K 之后换了几份工作、几次住址，号码倒是从不变动。他定期给那个邻居打电话，问肖飞有消息了吗。

那是2013年，老 K 说，他大概是世界上唯一一个，与肖飞无亲无故，却惦记着他的人了。在他都快质疑这件事情的合理性时，肖飞打来了电话。他语气沉稳，说："谢谢您的关心，我目前在泉州摆夜宵摊，您要是有兴趣，可以过来长谈。"

老 K 搁下电话就去了泉州。他按照信息，找到了那个螺蛳摊，挑了角落的位置坐下，不远不近地观察店家。夫妻俩配合默契，闽地嗜甜，丈夫爆炒鱿鱼时都大把撒糖，妻子就穿梭在几桌客人间，添酒加筷，偶尔扭头，尖声督促儿子写作业。等客人散得差不多了，街上转冷清，老 K 终于起身，对着陌生的四方脸汉子发问："你就是肖飞？"

那次长谈，让老 K 大失所望。肖飞对五年前的壮举很不上心。煤气要换了，下周儿子开家长会，夫妻俩得派个代表去，这批食材不怎么新鲜……他记得每一桩柴米油盐的琐事，但是不记得那场轰轰烈烈的远行。

老 K 试探着问他："怎么想到买一头骆驼呢？"

他用圆溜溜的眼睛瞪着老 K："我喜欢骆驼呀，想买一头带回家。"

他穿过甘肃、陕西、湖北，然后陡然一转，兜向西南，再经两广、江西，直到在杭州被拦下。他走了整整一年，风尘仆仆地开着辆拖拉机，上面站了头骆驼，走的都是偏僻乡镇，治安不严，媒体不勤，只有居民注意到他。前半段行程靠积蓄，钱花光了，他就把骆驼租给人拍照，照一次五块钱，骑上去十块。

问他想念骆驼吗，他先点头，继而笑起来："去动物园挺好的，我们小区没法养大型宠物。"

老 K 讲述这次平淡无奇的相逢时，我们都站在院子里。刚下过雨，泥土软绵绵的，我穿着尖头靴子，鞋跟不断地往下陷，我心猿意马地听后续，其实注意力全在寻找坚硬干燥的土壤。中途听见有人问老 K："那他这一路很辛苦吧？"

"穷人家的孩子，怎么样都是苦的。"

"不替他策划个节目？讲讲一路见闻，也许能红一把。"

"想啊。可他压根儿不觉得这事有多牛。对他来说，就是牵着骆驼回了趟家。"

我总算站到了一块小小的花岗岩上，蹭着岩石边缘，一点点刮掉鞋底的泥，"那他继续摆小摊？这事对于他来说，就没什么深远意义？"

"他没想那么多，做了就做了。他就是图好玩，有意思，不指望靠这个赚钱出名。话说回来，人生又不是阅读理解题，哪来那么多富含深意的片段？"

我边将头发边"哦哦"，意兴阑珊——想想看啊，眼神桀骜的少年，开着一辆随时可能散架的拖拉机，和一头寂寞的骆驼做伴，这简直就是《后会无期》和《少年派的奇幻漂流》的综合版啊。字幕组都快提炼出金句了，怎么啪嗒一下，就转成了葱香煎猪肝的深夜大排档？

他不想出名我能理解，安心蛰伏在夜市也能理解，想不通的是，他怎么就能任由那次大胆地远行过去呢？怎么就能呼吸平稳地，让这段拉风的往事干脆利落地消失呢？换句话说，他怎么就能放任那次旅行，从"有意义"变成"有意思"呢？

初中时写周记，写到实在没得写了，就写一只苍蝇叮过期牛奶的过程，啰啰唆唆凑了八百字，被老师点评为"有意思"，同时规劝我，要把目光多投注于"有意义"的事物上。我很是赧然，在传统价值观里，"有意义"是比"有意思"更高级的存在。它是卒章显志中的那个"志"，是画龙点睛中的"睛"，是不虚掷的总和、被敬畏的原因。哪怕我私下认定，"有意思"像是黄蓉哄骗洪七公的那席菜，是百无一用地天花乱坠；"有意义"却像郭靖，是牛嚼牡丹的政治正确。

后来读沈复的《浮生六记》，有点惊诧于一个男人居然能如此心安理得地沦陷于"有意思"而"无意义"的人生。他撺掇妻子女扮男装随他外出，把漫天乱嗡的蚊子当作群鹤。他有点无能，有点轻浮，在文人中也不算养尊处优一生安稳，但我始终羡慕他，不为别的，单为他身上那股与生俱来的对命运的驾驭感。

在风险多多的世间，能够安心地享用纯粹的乐趣，不再试图归纳人生的段落大意，实在是一件很困难的事。我周围有许多人——包括我，都乐意把自己经营成一桩生意，我们竭力从阅历、阅读、阅人中提炼出实际功用、世俗智慧，哪怕是有趣的谈资也不赖。刚学打扮的小姑娘，总是要把每种眼影都上一遍色的，她手头统共只有这些工具，舍不得不物尽其用。

捉摸不定的爱情、吊儿郎当的旅行、为爆米花而生的电影，它们都属于"有意思没意义"的事物，都是取用时标明了"量力而行"的存在——

缺乏安全感的人，请勿近身。

像胡适，他总把女朋友们放在最后，甚至放在所有萍水相逢的男性以及爵士乐团之后。一个旧中国的乡村里长大、成长期为经济问题困扰的人，是舍不得坦然地享受爱情的，爵士乐团都有可能成为跟特定人群的谈资、建立某种社会关系的垫脚石，爱情却是一个纯然的把玩物件，他不好意思对自己那么好。

毛姆出名后感叹，以后去度假，总算可以没心没肺地躺在沙滩上，不必费心策划景色描写了。大众的旅行、恋爱、叛逆，都近乎"主题先行"的行为艺术，只有对命运持有充沛安全感的人，才能让骆驼站在拖拉机上，走过两个时区。但话又说回来，只有活给自己看的人生，才能够剥离掉虚荣心、表演欲、自我感动的外壳，露出一点赤胆忠心。

就像我此刻说，不必给每一段经历添加有意义的注脚，这话是真心的，但放在洋洋洒洒一篇文章的末尾，怎么看都像是假的。

但那也没办法，有人能活成站在拖拉机上的骆驼，不疾不徐地踱步在小小的车板上，慵懒地回应路人惊诧的目光；有人就只能踩着尖头靴子，不断寻找坚硬干燥的地面，好让自己不陷下去。

我也只能让自己不陷下去。

（摘自《读者》2015年第23期）

缘溪行，忘路之远近

李马文

我不饮酒、不打麻将，平时的应酬也很少。每次外出，不过晚上11点，妻子都不会给我打电话，她似乎不愿意破坏我与亲友的那点欢乐。实际上，我有时候是多么希望她用一个电话把我从那些觥筹交错的虚无中拽出来。我常常对妻子说，已近不惑之年的我已经没有太多追求，生活可以简单概括成两个词：读书、教书。

教书之余，我会一头钻进书堆，从书堆里爬出来就去教书。教书是一种职业，读书能让我快乐。我常常把工作带回家里，也会把喜欢的书带到学校去，教书和读书就这样成了一件事，人能够在尘世中快快乐乐地做一件事多好。

当然，最令我开心的是，我现在想读什么书，基本上都可以满足，不管是纸质版还是电子版。如果我想读，它们就会像雪花一样，从四面八方向我飞来，把我包围，我觉得自己似乎获得了传说中的那种幸福，为此，我乐此不疲。

儿时的阅读物是稀少的，阅读的天空是"干旱"的，干旱到连一片"雪花"都没有。

直到有一天，我不知道从什么地方弄来一本撕掉了皮的小册子。书页已经泛黄，书的一个边角被压成一叠三角形，最外层的书页快从书脊上掉下来了，但两枚订书针却锃亮整齐。翻开后，我看了几幅漫画，感觉兴趣不大。一个长胡子的外国人吸引了我，接着看文字，才知道这个人的名字叫门捷列夫。对于外国人，尤其是俄国人，小学课本、老师的口中也经常提到，不陌生，却害怕，因为他们的名字大多很长，拗口、难记，我就迁怒于他们的爸爸妈妈，为什么给自己的小孩起这么长、这么怪的名字？同样是俄国人，高尔基就三个字，好记得多。但看了门捷列夫的故事，我很快就记住了这个大胡子俄国人，我好奇于他对新事物的痴迷，感叹他身上的那股执着劲儿。与此同时，这一次的阅读经历让我记住了《读者》和它的一个经典栏目——"人物"。

让"门捷列夫"们的故事直抵渴望它的心灵是一件奢侈的事，再遇《读者》，已经是五六年后的事情了。

我就读的高中在西北一隅的小城。一天放学，我看到三轮车拉来一个小小的书摊，书摊上有一些杂志，横七竖八地躺着，像落难了一样，任人翻拣。这些杂志的封面或美艳华贵，或意境深远，既有花香鸟语，又彰显时代之风，它独特的气质，让我的目光落下来就不忍移开。没错，上面两个鲜红的大字告诉我，这就是《读者》，一本曾让我心中荡起层层涟漪的杂志！我怀着一丝忐忑，盯着那印刷精美的封面，它光滑细腻，质地精良，虽然被称为旧书，但岁月难掩它们的温婉之色。轻轻翻开，淡黄的纸页带着一种难言的厚重感，仿佛是可亲的中年人。我一本一本地翻，对"人物"栏目看得尤为仔细，翻遍杂志后，我决定买3本，共3元，在什么都得省的年月，这是 笔不小的开支 那时我一周的生活费是5元。因为难得，阅读时就倍加珍惜，我对"人物"栏目的热情一如既往，史铁生、徐悲鸿、叶企孙、梁思成、齐白石、张大千……这些有趣而伟大的灵魂，一个一个变成了我心中的高山和流水，我为他们人生历程中掀起的浪花而震颤，为他们不断演绎的精彩人生而欢欣鼓舞，为他们碾压困境、燃烧生命的执着共振。走进这些杰出人物的世界，我的血液沸腾了，我的心胸变得开朗，我对待生活更加乐观。在不断与这些美丽的灵魂靠近的过程中，我也对自己的未来有了更多的期待。

或许，那个时候的阅读更像在别人的故事里寻找自己，阅读别人其实就是阅读自己。

上大学后，学校的图书馆大得惊人，每天在那里借书的学生络绎不绝。阅览室里有数不清的杂志，我就像一个乞丐，跌进了福山。大学舍友来自四面八方，我们有说不完的话题，读《读者》似乎成了落伍的事，同学中也有着鄙薄《读者》的观点；大二之后我思谋着考研，曾经热恋的《读者》慢慢成了路人。偶然看到校园里有同学翻开那淡黄色的书页，也只是在心中泛起一丝涟漪，然后我就快步离开。

毕业后，我像许多离开校园的大学生一样，四处漂泊，为了有一个美好的前程东奔西跑。工作两年之后感觉一切稳定了，叔叔竟出了车祸，伤势很重，不得不远赴兰州看病。在很长一段时间里，我都往返于学校和医院之间，照顾叔叔，和肇事者周旋。在医院的墙角、窗前、长长的走廊里熬过了很多个白天和黑夜。一次，我从后门出去，准备给叔叔买几个饼子，让他尝尝鲜，无意中发现前面竟然有卖杂志的，走近一看，原来是《读者》。

在我难过、无聊，和叔叔共渡难关的日子，我重逢了《读者》。

医院里人来人往，白天嘈杂，夜晚漫长，那些被疾病困扰的人，或侧躺，或卧倒，或直挺着，翻腾着各种姿势想换来肉身的片刻安稳，得到的却是呻吟和长叹。看到这些，我常常有莫名的苦楚。每到此时，我就把《读者》卷成一个圆筒状，然后踱出去，找一个台阶或者座椅坐下，希望自己能够在文字里找到一点点安静。心里嘈杂，哪儿都不是净土，《读者》中的长文我没有办法读完，那些精致的小短文，成了消减烦闷的清凉贴，精悍的"言论"，可做解颐的小小药丸。

时间是风，会抚平太多的往事和伤痛。叔叔出院后，我的生活便按部就班，平淡无奇了。在小城里做小小的教书匠，曾尝试喝酒、打麻将，甚至在朋友的怂恿下抽起了烟，希望靠这些无聊透顶的事融入某个圈子，但终究没有成功。每次虚浮的欢乐之后，换来的却是更加漫长的虚空。算了吧，人为什么不能听从心中那隐秘的召唤，让自己活得舒适一点呢？

把压在箱底的书拿出来，掸去尘埃。

一盏灯，一杯茶，一个人，万籁俱寂，世界彻底成了我一个人的，那些有趣的灵魂又一次在字里行间复活。长袍宽袖、长髯飘飘的长者对我耳提面命，神情潇洒、风度翩翩的才俊带我临溪赋诗、登山长吟，笑谈风云……

与书相伴，月亮会慢慢移近，和我争那一平方米的桌面。我会听到秋风带着剪刀掠过树梢，无数枯叶在地上奔跑。我会把悄悄躲进墙角的冬天，卷进破菜叶子里扔出去。

沉浸在"书"中真美！做老师的似乎有一种天性，愿意一厢情愿地将自己认为的"美"带给学生，和学生一同快乐！我和学生们在教室里精心造出一个书架，摆满各种书，其中当然少不了《读者》。

每一周，星期一的第二、三节课是固定的阅读时间，隔三四周有读书分享会，教室的后面贴着一张大大的"读书英雄榜"，上面密密麻麻地记录着学生阅读过的书目，每一学期结束之后，那些读书"超级英雄"都会收到特别的礼物……一个人读书，成了一群人读书，一个人的爱好成了一群人的爱好。

工作近十年，我由一名初中老师辗转成了一名高中老师，不论外面多么嘈杂，世事多么烦忧，当我和学生们拿起"书"的时候，就会像渔人一样，缘溪而行，忘路之远近，享受那遥远的落英缤纷，世外洞天。

（摘自《读者》2021年第9期）

只有廖厂长例外

吴晓波

那天，有人问我，如此众多的企业家、有钱人中，让你印象最深刻的是哪一位呢？

我想了很久，然后说，是廖厂长。

真的抱歉，我连他的全名都记不得了，只记得他姓廖，是湖南娄底的一位厂长。

那是1989年的春天，我还在上海的一所大学里读书。到了三年级下半学期的毕业实习时，我们新闻系的同学萌生了去中国南部看看的念头，于是组成了一支"上海大学生南疆考察队"。前期联络地方，收集资料，最要紧的自然是考察经费的落实。但到了临行前的一个月，经费还差很大一块，我们一筹莫展。

一日，我们意外收到了一份来自湖南娄底的快件。一位当地企业的厂长来信说，他偶尔在上海的《青年报》上看到我们这帮大学生的考察计划及窘境，他愿意出资7000元赞助我们成行。

在1989年，7000元是个什么概念呢？当时，一名大学毕业生的基本工资是70多元，学校食堂的一块猪肉大排还不到5毛，"万元户"在那时是让人羡慕的有钱人的代名词。这封来信，让我们狂喜之余却也觉得难以置信，不久，我们竟真的收到了一张汇款单，真的是从湖南娄底寄来的，真的是不可思议的7000元。

南行路上，我们特意去了娄底，拜访这位姓廖的好心厂长。

在一家四处堆满物料的工厂里，我们同这位年近四十的廖厂长初次见面，他是一个瘦高而寡言的人。我只记得，见面是在一间简陋、局促而灰暗的办公室里，只有一个用灰格子布罩着的转角沙发散发出一点现代气息。一切都同我们原先预料中的大相径庭。这位廖厂长经营的是一家只有二十来个工人的私营小厂，生产一种工业照明灯的配件，这家工厂每年的利润也就是几万来元，但他居然肯拿出7000元赞助几个素昧平生的上海大学生。

我们原以为他会提出什么要求，但他确乎说不出什么，他只是说："如果你们的南疆考察报告写出来，希望能寄一份给我。"他还透露说，他现在正在积极筹钱，想到年底时请人翻译和出版一套当时国内还没有的《马克斯·韦伯全集》。

这是我第一次听到马克斯·韦伯这个名字，我当时不知道他是一位德国人，写过《新教伦理与资本主义精神》，尽管在日后，我将常常引用他的文字。在以后的生涯中，我遇到过数以千计的厂长、经理乃至"首富"，他们有的领导着上万人的大企业，有的日进斗金、花钱如流水，说到风光和有成就，这位廖厂长似乎都要差很大的一截。但不知为什么我却常常怀念这位一面之缘的小厂厂长。那次考察历时半年，我们一口气走了长江以南的11个省份，目睹了书本上没有过的真实中国，后来，因了种种变故，我们只写出几篇不能令人满意的"新闻稿"，也没能寄给廖厂长一份像样点的"考察报告"。后来，我们很快就毕业了，如兴奋的飞鸟各奔天涯，开始忙碌于自己的生活，廖厂长成了生命中越来越淡的一道背影。我们再也没有联络过。但在我们的一生中，这次考察确实沉淀下了一点什么。首先，是让我们这些天真的大学生直面了中国改革之艰难。在此之前，我不过是一名自以为是的城市青年，整日就在图书馆里一排一排地读书，认为这样就可以了解中国，而在半年的南方行走之后，我才真正看到了书本以外的中国，如果没有用自己的脚去丈量过、用自己的心去接近过，你无法知道这个国家的辽阔、伟大与苦难。再者，就是我们从这位廖厂长身上感受到了理想主义的余温。他只是市井人物中的一个，或许在日常生活中他还斤斤计较，在生意场上还锱铢必较。但就在1989年春天的某一个夜间，他偶尔读到一则新闻，上面说一群大学生因经费短缺而无法完成一次考察。于是他慷慨解囊，用数得出的金钱成全了几个年轻人去实现他们的梦想。于是，就在这一瞬间，理想主义的光芒使这个平常人通体透明。

他不企图做什么人的导师，甚至没有打算通过这些举动留下一丁点的声音，他只是在一个自以为适当的时刻，用双手呵护了时代的星点烛光，无论大小，无论结果。

大概是在1995年前后，我在家里写作，突然接到一个电话，号码是陌生的，区号属于深圳。接通之后，那边传来一个很急促、方言口音很重的声音："你是吴晓波吗？""是的。""我是湖南的。""你是哪位？""我是……"我听不太清楚他的声音。对方大概感觉到了我的冷漠，便支支吾吾地把电话挂了。放下电话后，我猛然意识到，这是廖厂长的电话。他应该去了深圳，不知是生意扩大了，还是重新创业。那时的电话还没有来电显示，从这次以后，我再也没有收到过他的消息。

这些年，随着年纪的增长和阅历的增加，我渐渐明白了一些道理。人类文明的承接，如同火炬的代代传递，但并不是所有的人都有能力、有机会握到那支火炬。于是，有人因此放弃了，有人退却了，有人甚至因妒忌而阻拦别人的行程，但也有那么一些人，他们主动地闪开身去，他们踞下身子，甘做后来者前行的基石。

在这个日益物质化的经济社会里，我有时会对周围的一切，乃至对自己非常失望。但在我心灵小小的角落，我总愿意留出一点记忆的空间给廖厂长这样的"例外"。我甚至愿意相信，在那条无情流淌的岁月大河里，一切的财富、繁华和虚名，都将随风而去，不留痕迹。

只有廖厂长例外。

（摘自《读者》2015年第1期）

我的"节日"

童庆炳

上课跟写文章是不相同的。写文章是你自己守着自己的心，可上课你必须面对学生那一双双渴求知识和带着说不清的期望的"可怕"的眼睛。你必须始终用你的学识、逻辑、风趣、声音、手势乃至你的仪表、风度、恰当的笑和突然的严厉，抓住学生的心。而最重要的是你的精神状态，你讲的是一个重复了多遍的问题，对你自己来说已经毫不新鲜，可你必须兴致勃勃，似乎这个问题你自己也是第一次遇到，你的感觉必须与学生同步。你觉得某个问题很难，似乎不可言传，可你不能知难而退，必须在你觉得困难的问题上用力，把难题讲得清楚而又透彻，否则学生就会给你一个评价：我们懂的，老师也懂；我们不懂的，老师也不懂。某个问题很枯燥，你必须调动你的一切积累，包括你的感情秘密，拿出来讲，把枯燥的问题化为有趣的故事……上课绝对是一门艺术，一门高级的艺术。

上课是人生的节日

我在四十年的教学生涯中，始而怕上课，继而喜上课，终而觉得上课是人生的节日。天天上课，天天过节，哪里还有一种职业比这更幸福的呢？我一直有一个愿望，我不是死在病榻上，而是有一天我讲着课，正谈笑风生，就在这时我倒在讲台旁，或学生的怀抱里。我不知道自己有没有这个福分。

上课既然是节日，认真备课是无须说的。你可以讲一个有争议的观点，但每一个汉字你都必须读准，读错字是不允许的。因此连点名册上每个学生的姓名你也必须在开始上第一堂课前高声地先朗诵一遍。如果遇到一个字有两种读音，那么你必须事先了解这个字在这个名字中读什么音。至于大部分学生常读错的字，你在读到这个字时，还必须故意读重一些，让学生交头接耳，以为老师读错了字，然后你把这个字用拼音注出来，并说这个字常有人读错，这样，既纠正了学生的读音，又获得了学生的信任。这以后，你放心好了，学生们再不会交头接耳了。但这不重要。

上课前的那一个晚上，或上课的那天清晨，你必须洗一个澡——身上的污垢去掉了，会平添几分精神。平时你可以穿得随便一些，就是让学生看见你穿短裤，也没有什么不妥。但当走上讲台时，你必须穿上你最好的服装。这是你的节日，此时不穿，何时再穿？我有几身西装，真过节时，倒很少穿，可上课时是一定要穿的。我仅有的名牌就是一条金利来领带，每次我都细心地系上它。皮鞋必须擦亮，这我得感谢我的妻子，因为她知道我的习惯，她总是在我上课前一天，把皮鞋擦亮，并放在我的书房门边，让我很方便穿上。但这也不重要。

教室的讲台旁，通常放着一把椅子，你千万不可坐下。这四十年中，我在各地上课，我的习惯是，手里拿着一支粉笔站着、走着讲课，绝不坐着。

你们就想象我上课时的样子吧：他站着，讲着，随意地做着各种手势。你瞧，此刻他为了说明文学语言的"陌生化"，步伐变得如同艺术的舞步一样，他竟在学生面前装成街上的游客，东张西望地先走了几步，然后又跳起了三步舞或四步舞；为了说明人类的行为和心理总是符合"对立的原理"，他学举重运动员，先蹲下，后举起，学跳高运动员，先用力向下一踏，再高高地飞身而起，越过了横杆。虽然舞步并不漂亮，动作也不规范，但这没关系，因为这舞步与动作，与所讲的观点十分吻合，引起了学生会心的笑声，他也颇为欣赏自己的表演。这样很累，在他下课回家时，立马瘫倒在沙发上，像一头生病的猪。但这也不重要。

与生活相通

知识义理总是与生活相通的。为了深入浅出，你不能老是念讲义，不能老是操经过修饰的"外部言语"。你得把讲稿扔开，运用你自己的生活体验，并操一种同朋友聊天时的未修饰过却充满激情的"内部言语"，让学生觉得你是一个会观察、会体验、会检讨自己生活的人。为了说明"特征"是什么，你把你全家三口都"搭"进去了，你讲了一个真实的故事：

那时，我四十多岁，住在校外，每天骑自行车上下班，上课、开会，还有行政工作，早出晚归，家务事都由多病的妻子操持。有时我回家很晚，常遭妻子埋怨。

有一次，我回到家时已近晚上十点，妻子、孩子等我回家吃饭，都等急了。这一次我的处境非常糟。妻子怒不可遏，难听的话劈头盖脸向我袭来。她说我在家什么也不干，是个白吃饭的——一骂就是半小时。我像一个犯了错误的小学生，低着头听着这空前的唠叨。我心想我也做了家务事，你怎么能这样一笔抹杀呢？但我不敢出一声。我对我的孩子出来为我辩护以收拾这难堪的局面也不抱希望，因为他总是站在他母亲的一边。

然而奇迹出现了。我的孩子突然向我走来，一下了夺下我还挂在肩膀上像粪兜一般的黄色书包，往地上用力一倒，然后指着地上乱七八糟的东西，冲他母亲吼叫起来："你看，你说我爸是白吃饭的，什么也不干，是吗？看他书包里装着什么！"地上散开了我书包里的东西，这里有我正在读的夹满了纸条、画了许多红道的书本，有密密麻麻写了许多小字的讲义本，有刚做的卡片，有学生的论文、作业，有给老家寄的汇款单存根，有粉笔头，有发干的白菜叶，有半干不干的切面条，有破碎的干馄饨皮，馄饨皮上还粘着黏黏糊糊的肉末，它已经发臭了……看着地上的这些东西，我妻子哭了，我自己也流下了眼泪。那些不该在书包里出现的东西是我下班时为家里买的，我身上只有一个书包，我就让它们与书本、讲义、粉笔临时做了伴……我的一次生活危机就这样过去了。

一代中年知识分子丰富而艰辛的生活，都浓缩在这个书包里。这书包就是"特征"。学生们为我的故事鼓掌，他们理解了"特征"的含义，似乎又受到感动。课后，有学生为此写诗赞美我。但这也不重要。

上课时的感觉最重要

你是老师，但你在学生面前绝不能摆老师的架子。你要允许学生在你讲课的过程中举手插话，提出疑问，或反对你的意见。我有一位学生，叫陶东风，他跟了我七年，从硕士生到博士生，如今已是文学博士和大学教授，在学术界小有名气。他从不当着我的面说我的好话，但我们关系融洽。他就是总要在我讲课时插话"反对"我的那一位。我讲着讲着，他会突然固执地举起手来，之后课堂气氛会变得特别好：有的同学同意他的意见，试图为他的理论进一步论证，有的同学不同意他的意见，激烈地为我的观点辩护，他们争得面红耳赤，把我这个老师暂时忘掉了。到头来他们往往"两败俱伤"，主动说"咱们还是听听老师怎么说吧"，多数情况下总是我的意见占上风。但最有意义的是，我讲的一个观点经过这种争论而被学生消化了、发展了，受益的不只是学生，还有我自己，这就叫"教学相长"吧。但这也不重要。

是的，所有这一切都不重要。

最重要的是上课时的感觉，这是一种快感，一种美感，一种价值感，一种幸福感，一种节日感，一种自我实现感……对了，我想起了小时候，有一次，在小溪里抓鱼，抓了好半天，还一无所获，我感到很失望。可突然运气来了，我终于抓住了一条不算大却看起来很肥美的鳜鱼，我那幼小的心剧烈地跳动起来，我永远不会忘记那一时刻。我这一生遇到的倒霉事不少，幸运的是我经常上课，每上完一堂成功的课，都有抓住一条鳜鱼的感觉。

（摘自《读者》2015年第20期）

追梦人

依江宁

　　整个中学时代，嘉倩一直生活在上海。她清晰地记得，在高三的一个黄昏，自己骑着脚踏车，迎着夕阳，对着划过天际的飞机许愿：明年我一定不能再待在这个地方了。世界那么大，她要到更远的地方去看看。谁知天意弄人，高考后她被录取进了上海外国语大学。怎么办？她向家里人寻求支持，申请到了澳门的一所大学，后来通过交换生项目，到了爱尔兰，此后又因各种机缘，辗转了大半个欧洲。

　　回国后，嘉倩获得了一份英国外交部新闻处的工作。熟识的人都羡慕她，她却觉得并没有实现自己最初的新闻理想。比如邀请贝克汉姆来华，大家关注的只是他的名气，而不是他真正做了什么。嘉倩想要的，不是夺人眼球的标题和走过场的新闻，而是了解每个社会角色背后那些有意思的故事。可惜的是，这些故事被大多数媒体忽视了。

2012年年初，嘉倩写了一本关于青春历程的书，但没能顺利出版。她有些郁闷，便在网上写了一篇日志。有网友给她留言，建议她自己印刷来卖。嘉倩心想，与其拿来"卖"，还不如拿来作为和有意思的人交换梦想的信物呢。这应该是一件很好玩的事情，她写下这个想法，征求陌生网友的意见，没想到真有人感兴趣。

一个网友给嘉倩写信说："我想当服装设计师，我用自己设计的第一件连衣裙来交换你的第一本书吧。"

还有一个山区老师，愿意用班上70多个孩子有关梦想的画作，跟嘉倩交换她的两本书。她的信箱里一度收到了上千封来信，这让嘉倩受到了极大的鼓励，也让她沉思：电视、杂志媒体里的故事，不是大明星就是成功人士，在闪光灯下格外耀眼，但那些上不了达人秀舞台的普通人，四肢健全，父母健在，或许做得不够出色，或者运气不到，处于尴尬的境地，但照样有自己的梦，有自己的故事啊。

人生有许多种可能，嘉倩想知道从事其他职业的人最初是怎么认定梦想的。嘉倩心中涌起一个更激动人心的计划：和平凡的陌生人交换梦想。

这是一个疯狂的想法。2013年的春天，当嘉倩向家人提出准备辞职去执行自己的计划时，妈妈极力反对，甚至一度要和她"断绝关系"。看到嘉倩默默收拾好行装准备出发，父母最终选择了支持。

"交换梦想"才开始一个月，嘉倩就碰到了一堆不顺心的事。在武汉，她被"随机播放"的天气撂倒，发烧，喉咙发炎说不出话，在当地医院里挂了3天点滴；3月的时候去重庆，整个行李袋被出租车抢走；家里从小到大吃饭清淡，多一点盐就敏感，到了成都吃什么都是重口味；严重路盲，赴约常迟到或者早到好几个小时，甚至被访者不得不来到嘉倩的住处接她，即使在家乡上海也如此。

但她依然坚持，因为每个人的梦想背后都有一个故事。

在成都，嘉倩遇到一个想当演员的姑娘。现在网络平台的选秀节目有各种路子，女孩很想去尝试，可她过不了妈妈这道坎。她妈妈是小学老师，快退休了，思想守旧，眼里似乎只有三种职业：老师，公务员，还有给人打工的。妈妈自从离婚后一直独身，身体也不好，作为女儿的她背负了许多期望。她能面对观众的嘘声，但如果没有最亲的人的支持，梦想只是半成品。能不能说服爸妈，渐渐成为年轻人为梦想出发闯一闯要面对的大坎。

她也看见，不少人克服了这些阻碍，真的出发，让世界打开了大门。在重庆、武汉，她认识了几位女孩，为了追寻自己认定的快乐和价值，放弃了之前优越的职位，"人生就是找到自己的位置，然后做这个位置该做的事情"。有一位现在是书店员工，虽然累点，但她很喜爱这份工作。学计算机的武汉女孩在合唱队找到了"第二人生"，而合唱队队长是位哲学博士，最终在音乐里找到了热情。

她也看到了很多不同的幸福。在陕北窑洞，嘉倩在约访对象的奶奶家住了5天，在山里玩耍，第一次看到成片的枣树和棉花，她兴奋不已。山里的孩子童年拥有的财富是整个大自然。

从2013年年初到年尾，嘉倩约见了近600个人。从梦想到家庭，再到爱情——一路上，嘉倩关心的主题一直在变，但始终不变的，是她对自己生活的思考。

嘉倩说："每个人的心都是一个世界，当你走进它，会发现很多事情真正的原因，一些原来看似不可理喻的东西，也就释然了。其实在更深的意义上，这也是我的人心之旅，他们脚踏实地的生活状态深深感染了我。"

没有想到的是，在和陌生人交换梦想的过程中，嘉倩竟然会用自己小小的力量影响他们。在南京的一些大学做梦想分享会的时候，一个女生说她想当插画师，但她学的不是美术类专业，听了嘉倩一路交换梦想的经历，她说："从那一天开始，我天天都画画了。嘉倩，我现在画了一幅画，叫《嘉倩狂想曲》，这是我画的第一个作品，是我踏上这条路的第一步。"

　　每听完一段故事，嘉倩都会请求受访者，录一段话给未来处于最低谷的自己。这样做的原因要追溯到她的留学生涯：那一年，她只身来到荷兰，接连遭遇了注册不成功、学生证丢失导致补考等问题。在人生的低谷，她无人倾诉，只能自己鼓励自己。后来，她开设了一个"倾诉邮箱"，至今已收到了不下1000封邮件。她发现，其实大多数人都与自己有着相似的诉求。"别人再多的安慰，其实真的不如几年前的你对自己说'一切都会过去的'那样有力量。"

　　也许十年后，嘉倩会找到这些讲故事的人，记录他们在这十年里为梦想所做的努力。然后嘉倩会问："当年的那个梦想，你实现了吗？是不是现在的你，成了你当年不喜欢的人？其实这样也很好，实现梦想的过程，就像恋爱一样，永远都在追求的路上，适不适合、追不追得到，都是一种修行，有时简单有时难；然而这一切终归是快乐的；不会带一点后悔。"

（摘自《中国青年》2014年第7期）

自由"潜"行

小 包

2015年，在斐济，周芳跟着鲨鱼保育员扎进深海，一群巨大的公牛鲨围过来，有的挤着凑到镜头前抢夺 C 位，有的则选择远远观望，有脾气古怪的、摆架子的、耍威风的……那一刻她恍惚以为自己身处动画片中，她开始重新认识这群嗜血的生物。

她心动了，突然萌生辞去工作的念头，想从潜水爱好者变成专职水下摄影师。每个人的一生中都有几个相当于"岔路口"的时刻，周芳的这一刻就在这里发生了。即便当时的她已经拥有令人羡慕的工作——穿梭于摩天大楼间的投行精英，衣着光鲜，年薪百万，周芳也从未觉得可惜。她离开城市的喧闹，潜入安静简单的水下世界，追随着鲨鱼的踪迹，重归自由。

30多岁的叛逆，绝不仅仅凭借一腔热血

30多岁，单亲妈妈，辞职追求梦想，这一切似乎都贴着"热血"和"浪漫"的标签，但周芳的人生选择从来都和冲动无关。

聊起辞职时，周芳有条有理地列举出原因。即便在谈论梦想这样感性的话题时，也很难从周芳的语气中捕捉到情绪的变化。作为一个世俗意义上完美的成长模板，周芳从重点高中进入重点大学，之后出国进修，在美国俄克拉何马城市大学读完工商管理硕士，回国后又在东北财经大学拿到博士学位，顺利进入投行，一路绿灯直行。

不过周芳也并非永远冷静，只是她热情的一面都释放给了自然。她从小在湖南山城长大，小时候就常在老家门口的小水渠里捉螃蟹、摸鱼，去学校还要翻过一个山头，穿过别人家的稻田和菜地。她是从上大学时开始热爱上水下摄影的，那些奇形怪状、远离人类世界的海底生物，摇曳的珊瑚，和童年的小鱼小虾一样总引起她无尽的好奇。

从潜水点回来，她钻研和探索的劲儿又上来了："为什么只拍到了鱼尾巴？公牛鲨为什么白天拍不到呢？为什么鲸鱼总在逃跑？"

在斐济太平洋港的那一次潜水经历彻底激发了她辞职的想法。无论是与鲨鱼的亲密接触，还是和当地鲨鱼保育员的交谈，都触碰到了她心里最柔软的部分。

"当时我从保育员那儿听到很多鲨鱼在这些年的变化，因为被过度捕捞，鲨鱼的生存环境已经非常恶劣了，这是他选择这份职业的原因。他或许只是一个渔民，但他用自己的言行影响着每一个来这里看鲨鱼的人，我挺佩服的，这也给了我很大的勇气。"

周芳回国后办了鲨鱼影展和分享沙龙，现场观众认真的神情让她动

容：“有一种实现个人价值的感觉，我确实找到了一件非常热爱、能充分体现我个人价值的事情。”

她决定离开光鲜的生活，用影像和纪录片的方式将水下的世界呈现在更多人眼前。

你要等，等一个奇迹

从潜水摄影菜鸟到专业的水下纪录片导演，距离远不止一份辞职报告。

“我不是那种看见有困难就绕道而走的人。”发现自己潜水不够专业，她就背着氧气罐一次次练习潜水；对摄像不熟悉，她就从自己熟悉的商业模式做起，成立潜水爱好者俱乐部，做潜水服设计，同时积累水下的拍摄素材。

2015年，周芳用积累的素材创作了第一部纪录片《寻找鲸豚》，然后创作了《水下中国》和放眼全球海域的纪录片《潜行天下》。最近，她又马不停蹄地开始了《水下中国》第二季的拍摄。

水下的世界慢得让人可以忘记时间，等待成为她的常态。几年拍摄下来，周芳发现自己变得更为平和了。“作为一名纪录片导演，要有足够的耐心。不能期待刚下水马上就有一个好东西在眼前。成功需要时间积累，但所有的等待，最后一定会有回报。”

水下拍摄是不断和自己作战的过程，冬末春初，浮游生物少，水下能见度最高，是拍摄的黄金时期，对拍摄者来说却是水温最低的时期之一。穿着冰冷的潜水衣，周芳一下水就冻得浑身发抖，最多只能待半个小时，她只能靠着“笨办法”一遍遍地重来，以便尽快适应。久而久之，她在水底可以待上一个小时。这是一种全然不同于以往的工作体验——面对大自然时，人不要妄想能掌控它，一切要循着自然规律来。

拍摄水下长城花了3年，她背着几十斤重的设备潜到5米以下，水温骤降到六七摄氏度，她仿佛置身于冰窖，再往下，眼前一点光线也没有了，几乎快要窒息。直到长城的拱形门洞突然出现在周芳眼前，她一抬头："这么高！好像一个巨人，你走到它眼前了。有种长吁一口气，柳暗花明的感觉。"

但不是每次都如此幸运，有时生命甚至会受到威胁。她曾在广西的水下洞穴和死神擦身而过——当时的她因为追逐着拍摄一只盲虾进了洞穴，扰动的泥沙突然模糊了眼前的路，一秒钟的工夫，能见度变为零。周芳找不到出去的方向了，"当时心里咯噔一下，感觉离死亡很近。但我只能告诉自己不要紧张，深呼吸，找出路"。所幸最后她安全回到陆地上，拍到盲虾的兴奋感盖过了恐惧的阴影，没过多久，她又入水进行下一次的拍摄。

周芳说，她曾在海里经历过十分浪漫的场景："那是在深夜11点的海底，眼前的一片漆黑好像烟花一样突然被点亮，我们拍摄了两年，等待了一周的珊瑚产卵终于发生了。珊瑚卵喷涌而出，如绚烂的火花在黑夜中绽放。"她记得自己当时愣了好几秒，难以相信这一份来自自然的馈赠，惊讶之余，随之而来的是巨大的感动和成就感，"那一瞬间，我觉得好棒啊，被无数的新生命包围了"。

像鲨鱼一样，强大、聪明、有智慧

拍摄过那么多水下生物，其中周芳最喜欢鲨鱼。她拍摄了8年的鲨鱼，被称为"追鲨鱼的女孩"。一说起鲨鱼，她就停不下来。而她也希望自己能像鲨鱼一样——无论是体能还是头脑，都强大、聪明、有智慧。

无论是人生抉择，还是生活中那些看似极为沉重的话题，周芳总是轻描淡写。

"女性""单亲妈妈""辞掉高薪工作""水下摄影"，周芳的故事，所有的关键词似乎都指向一个反传统的励志故事。但在她的讲述里，所有对自由的追寻、人生的冒险、"赛道"的转换都是充分认识自己之后顺理成章的选择，或许这才是一个在自然中肆意生长的生命应有的状态。

周芳还记得和鲨鱼亲密接触的一刻。那是在日本千叶附近海域的鲨鱼城堡，几百头皱唇鲨来回游着，其中一只一下撞到了她的脑袋，呼吸管、面镜、相机全掉了，一瞬间她什么都看不见了，她记得自己当时特别镇定，"那一瞬间什么都看不见，但我能看到自己的内心，我知道自己真的不害怕鲨鱼了"。

（摘自《读者》2021年第16期）

18 岁的沉重

七堇年

18岁，在千辛万苦熬过了高三之后，我没有考上清华。原因竟然不在数学，而在文科综合。揭晓分数的那天，我听完电话里的报数，在草稿纸上加了3遍，得到的仍然是那个我不想面对的数字。我倒在床上蒙头痛哭了整整一天。母亲坐在客厅，也是默不作声地落泪。过了很久很久，她悄悄来到我的床边，抚摸着我的头，那么无奈而痛心地安慰我："不要哭了，乖，不要哭了。"

烈日不怜悯我的悲伤，耀我致盲。彼时过于年轻脆弱，我只知道蒙头痛哭，在盛夏7月，眼泪与汗水一样丰沛而无耻。我仿佛听见命运的大门缓缓关上的吱嘎声……我一度以为，我一度那样真真切切地以为，这是我人生中最无可挽回的失败。在后来高中好友们一一被名牌大学录取的报喜声中，在后来一次次首都顶尖高校的昔日好友满面春风的精英型同学聚会中，在后来的后来，我愚蠢而耐心地反复咀嚼着这一次失败的味道，几近一蹶不振，为这一个理想的幻灭赔上了此后将近3年的无所事事的荒凉青春。在20岁出头的关口，我才明白过来，不懂得从一次失败中站起来，永远跪在地上等待怜悯并且期待永不可能的时间倒流，才是人生中最无可挽回的失败。

母亲想要安慰我，像《我与地坛》中那个欲言又止的可怜的母亲那样，对我说："带你出去走走吧，老这么在家里不成样子。"

是带着这样一种失魂落魄，真的是失魂落魄的心绪，去往稻城的。自驾车2000多公里，从川西南，北上到甘肃南部的花湖，再南下，去往藏东的稻城亚丁，途经红原、八美、丹巴等与世隔绝的绮丽仙境。巍巍青山上，神秘古老的碉楼隐匿于云端，触目惊心的山壁断层上苍石青峻。月色辉映的夜里，沿着狭窄的公路在峡谷深处与奔腾澎湃的大河蜿蜒并驰，黑暗中只听见咆哮的水声。翻滚的洪流在月色之下闪着寒光，仿佛一个急转弯稍不注意，便会翻入江谷，尸骨无存。

头顶着寂静的星辰，我在诗一般险峻的黑暗中，在行进着的未知的深深危险中，渐渐找到一丝不畏死的平静。

我曾经说过，其实人应当活得更麻木一点，如此方能多感知到一些生之欢愉。明白归明白，但我或许还将终我一生，因着性情深处与生俱来的暗调色彩，常不经意间就沉浸在如此的底色中。希望、坚持等富有支撑力的东西总是处在临界流产的艰难孕育中，好像稍不注意，一切引诱我继续活下去的幻觉就将消失殆尽。

7月，在行驶了2000多公里之后，在接近稻城的那个黄昏，潮湿的荒原上开满了紫色花朵，落雨如尘，阴寒如秋。孤独的鹰在苍穹之上久久盘旋。我眺望窗外的原野，身边坐着母亲。

高三时，我在外读书，母亲常常专程来看我，一早赶30多公里路，给我带来我喜欢吃的东西，热乎乎地焐在包里，外加很多她精挑细选的水果、营养品，我由此越发懂得什么叫作可怜天下父母心。

有次她借着出差的机会，又带上很多东西来看我。白天忙完工作，傍晚时才来到学校。母亲就这么静静地坐在我的宿舍里干等我一个晚上。那天晚自习照例是考试，我急不可待地交了卷，匆匆赶回宿舍和母亲相见。没说上两句话，很快就有生活老师催促熄灯，母亲说："那我走了，你好好的，要乖，妈妈相信你会努力的。"我送母亲到校门口，那时下着雨，母亲想让我早点回去，就说司机已经来了，宿舍关门了就不好。我想也是，生活老师不太好说话，我就先回去了。

而后来的事情是，那个下雨的凄凉夜晚，为母亲开车的司机在市中心吃完饭已经醉得不省人事，睡得连电话响都听不到。母亲瞒着我，要我赶紧回宿舍睡觉，她自己一人站在学校外面空旷的公路边等着打车回去。可是因为过于偏僻，她打不到车。她一个孤身女子在那黑暗冷漠的马路边，从10点30分一直站到深夜12点，手机也没了电，无法求助。偶尔飞驰而过的车，像划不燃的火柴一样，擦着她一闪而过，没有一辆停下。她冷得发抖。最终她拦到一辆好心人的私家车，狼狈落魄地赶了回去，因为受寒，病了一个星期。

高三结束了很久后，有次母亲轻描淡写地对我说起这件事情。我们正吃着午饭，我强忍着眼泪，放下碗筷，走进厕所咬着自己的嘴唇，痛彻心扉地哭了，眼泪喷涌，却没有发出一丝声音，然后迅速地洗脸，按下抽水马桶的按钮，佯装才上完厕所，然后平静地回到饭桌上。

我在心里想着，如果那个夜晚母亲发生什么不测，那我余生如何能够原谅自己？幸而她平安无事。因此我不知道除了考上一所体体面面的名牌大学，还有什么能够报答母亲的一片苦心。

这也是为何我高考失败后，这么久以来无法摆脱内疚感和挫败感的原因，我觉得我对不起她。她寄予我的，不过是这样一个简简单单的期望，期望我考上一个好大学，希望我争气。为着这样一个简单的期望，她18年如一日地付出无微不至的关爱。在后来，经历几番追逐恋慕，浅尝过人与人之间的感情维系何等脆弱，我才惊觉母亲给予自己的那种爱意，深情至不可说，无怨无悔地，默默伴我多年。我不得不承认，唯有出自母爱的天性，才可以解释这样一种无私。

稻城的夜，雨声如泣。在黑灰色的天地间，7月似深秋，因为极度寒冷，我们遍街寻找羽绒大衣。海拔升高，加上寒冷，母亲的身体严重不适。我们只好放弃了翌日骑马去草甸再辗转亚丁的计划，原路返回，旅程在此结束。带着《游褒禅山记》中记叙的那般遗憾，带着上路时的失魂落魄，离开了寒冷的稻城。

那是18岁时的事情。几年过去，因着对人世的猎奇，探知内心明暗，许诺自己此生要如此如此，将诸多虚幻而痛苦的读本奉作命运的旨意——书里说，"生命中许多事情，沉重婉转至不可说"，我曾为这句话彻头彻尾地动容，拍案而起，惊怯至无路可退，相信在以自我凌虐的姿势挣扎的人之中，我并不孤单。我时常面对照片上4岁时天真至脆弱不堪的笑容，不肯相信生命这般酷烈的锻造。但事实上，它又的确是如此。我从对现实感受的再造与逃避中体验到的，不过是一次又一次对苦痛的幻想。

在我所有的旅行当中，18岁的稻城是最荒凉的一个站点。可悲的是，它最贴近人生。

人生如路，须在荒凉中走出繁华的风景来。

（摘自《读者》2014年第15期）

75 岁理工男的创业路

郭　佳

与互联网思维无关

父亲做皂，始于2007年。生完孩子出月子后，我第一次逛街，偶遇"以色列古皂"，便毫不犹豫地带回家中。抛开它的卖相和成分不说，我最中意的，是它没有香味。

但在爸妈眼中，那块古皂太像他们熟悉的老肥皂了。我辩解："这是手工皂，是用橄榄油、月桂油做的！"老爸说了句："手工皂？那咱自己做。"

几天之后，老爸动手了，动手之前他已查阅大量资料，并根据家中已有材料做了精细的计算。

工程师出身的他，几十年都是这种做派。老妈一定没想到，做个皂要搅拌那么长时间，从中午折腾到下午。橄榄油变成了黏稠的膏状物，很像融化的冰激凌。又过几天，老爸用线切割之后，100% 特级初榨橄榄油皂制成了！

我们习惯了老爸能做桌子，做沙发，做西服……但还没习惯他做皂，因此一段时间里，大家都有些兴奋。

有一次，老妈发牢骚："日本人的洗衣液真好，但太贵太不经用了，你能不能做些洗尿布的皂？最好是液体的！"我纳闷，哪里有什么液体皂？这不是出难题吗？

但见证奇迹的时候到了：妈妈说要液体皂，液体皂就有了；妈妈说"沫再多点就更好了"，于是就多了很多沫；妈妈说"沫够多了，洗完手有点干呀"，于是依然有很多沫，但皂液更温和了。

只要老妈敢说，老爸就敢做，这是他们的游戏。

后来我听说，这也是"互联网思维"：我有需求，你满足我的需求。但我爸又有点不那么符合互联网思维。家里有的，如特级初榨橄榄油、有机茶油、大豆油，相继被他变成了皂，接着，他竟然利用超市购物的机会，买了小瓶的月见草油、大瓶的芥花油做实验。

眼看他把一项"公共事业"变成自己的私人游戏，我妈受不了了，正式提出要求："请你把更多的精力用在做饭上吧。你做的皂太多了，一年也用不完。"

开个店，就当养条狗

两年前，家中小狗得癌症去世，全家黯然。作为家庭的一员，小狗在它生命的最后两年里承担着陪伴父亲的重任。当妈妈为了帮我照顾孩子不得不留老爸独自在家时，小狗的存在让老爸过着一天四遍风雨无阻去遛狗的规律生活。没狗，怎么办？

我对他说："开个网店吧！您就像平时那样做——有人买，就卖；没人买，也不损失什么。"我的想法很简单，让老爸用做皂来填补小狗的空缺。

父亲马上提出一系列问题：怎么打造标准？怎么批量生产？怎么做好销售？怎么做好现金流……我回答不了，只是一味鼓励：先不想这些，先做起来。

于是他开始准备。第一步，确定手工皂的外观和重量；第二步，确定产品种类；第三步，制作模具；第四步，撰写说明书，即宝贝详情。我说我愿意周末回去打下手，负责包装，做宝贝详情。

准备期很长，我催他，他说在找制图软件；再催，他说在学习使用软件。他就是想尝试用绘图软件制图，他习惯了做事漂亮、精致，然后在这个过程中过瘾。

一个星期后，老爸把模具设计图递给我，电脑绘的图漂亮清楚，一目了然。我问："制图软件用起来难吗？"他说："不难，就是得琢磨。"

网店开张了，我对身边朋友说："帮我哄老爸开心。"就这样，连卖带送，隔三岔五有两三笔订单，买卖成功后我就告诉老爸："你看，你的皂卖出去了。"

但一次意外改变了网店的命运。

有一天老妈熬了梨汁，我刚好在那天把老爸做的厨事液倒在碗里，观察液体的性状。晚上，正在刷碗的妈妈很淡定地说："你爸做的厨事液真好，倒进嘴里一点都不刺激黏膜。"原来，她错将碗里的厨事液当成外孙女喝剩的梨汁，倒自己嘴里了，并因此品出我爸的高明。我笑到无语，就把这件趣事发到微博上，朋友转发并笑说：广告帖！

两三天后，我正在外面带女儿游泳，家里人打来电话："出事了，你快回来吧，厨事液卖疯了！"我这才知道，我的那位朋友自己到店里下了订单，收到货后，又招呼都没打就发了微博。小店因此被引爆，厨事液瞬间卖光。其实，所谓卖光，也就卖了二十几瓶，再多也没有了。

没几天，深圳和北京的电视台要给老爸录节目……

做？不做？这是个问题

初衷是用手工皂代替小狗，一不留神，小狗变成了养狗场。

那段日子狼狈至极，老爸像机器人一样，不停地生产。我则被迫在叮咚作响的网上消息和满地包装盒之间跳来跳去，饭都吃不上。

更吓人的是，我分明感觉到，老爸想干点大事。老爸说："我们能不能把这个事业干得更正规一些？"他用了"事业"一词，我的心直往下沉。

他叫着我的小名说："小妹，我是怎样的人，你不是不知道，手心朝上的日子很难过呀！"所谓手心朝上，是指他20年没一分钱收入，这对一个把自尊心当命的人来说，是巨大的屈辱。

小店让他看到了自食其力的机会，但更加正规意味着更加专业、更多钻营、更多成本，这样的游戏非我所爱，也非我所能呀！

我说："再继续的话，在家里干是不行了。"父亲说："那就搬出去。"于是他自己找了一套小房子，把原料从家里搬了过去。我又说："小好上学了，我没精力帮您发货了。"他说："那我自己发。"于是，每天做完皂之后，他就自己打发货单、配货、包装。

后来，我就不安了。于是我找了一个店长和一个美工，帮父亲朝着期望的"正规一些"的目标慢慢接近。

店长就位后，他们很快打成一片，而且还瞒着我做了一件事：研发新品。我哑然失笑，我居然成了老爸心中的绊脚石？

憋了几天，我给父亲打电话，假装无意地问："爸，听说您在研发一种新品，好呀！"就这样打开了他的话匣子。原来他在炮制一款能遏制白发的纯植物洗发水。他滔滔不绝地介绍，热切地邀请我试用。

那天，我的心是柔软的。20年来，笼罩着我们的那团阴霾，突然变得稀薄了些，让我自觉有力量可以不带成见地直面它。

用自身的光亮穿透阴霾

20世纪50年代，我爸用数学计算结果质疑"大跃进"的亩产，因此成了有右派言论的学生。大学毕业后，他秉性不改，每每因性格铸成悲剧。我出生时，父亲被关着，母亲带着我去探望他，偶尔父亲也可以抱抱我，他说我的苹果脸让他由衷喜爱。我6个月大的时候，父亲获得自由，我得以有了安稳快乐的童年。

改革开放后，父母成为工程师。不久，父亲被提拔为区里的工业局局长。但他过于强硬、骄傲的个性，注定会惹来麻烦。

1992年1月3日，妈妈突然敲开我北京的房门，她能说的第一句完整的话是："你爸被抓起来了。"那时，我刚刚大学毕业，于世事一片茫然。

抓捕父亲的罪名是"拒不执行法律文书"，由法院执行。继而他又因"诈骗"罪被拘留，由公安局执行。接着他因"贪污"罪再次被捕，由检察院执行。一年多后，法院给父亲的罪名是"玩忽职守"。

父亲回家后，很少出门，用大量时间研修法律，撰写申诉书，但所有投寄出去的材料如同石沉大海。他没有选择上访，大概知道上访的艰辛吧，以他的高傲和对尊严的敏感，他不可能走这一步。

大约10年前，一个朋友提醒我：既然单位并未做出开除公职的决定，那么父亲应该能够办理退休手续。于是我下了好大的决心，开始办理此事。当然，少不了要喝喝酒，求求人。等我都谈好了，回家向他汇报，只要他认个错就可以拿到那些待遇，而他的回答是："我没罪，我是冤枉的，我还是要申诉。"

那一次，是父亲出事后我最愤怒的一次。"您的尊严一定大于现实生活的压力吗？"我在心里说了这句话。

这20年中，我自觉养活了他，而有种道德上的优越感，因此我对他的郁闷不以为意，甚至会觉得他不懂事，不懂得用享受生活来回报我对他的付出。

自从那天在电话里被父亲研究新品的热情打动后，我的改变似乎开始了。我开始领会，其实这些年一直在抱怨的，不是父亲，而是我。他一直在认真生活——认真地遛狗，认真地为我做月子餐，认真地做我女儿的外公。在不期然遇到互联网，做起网店后，他依然本着一以贯之的认真态度，正是这股认真劲儿让他有机会在75岁的时候重新自食其力。而我却待在阴霾中，忘了人是可以走出去的。

父亲让我明白一个道理：只要自身带着光亮，就能够找到出口，前提是朝着那个方向，走一步，再走一步。

（摘自《读者》2015年第2期）

致 谢

  2021年7月1日，习近平总书记在庆祝中国共产党成立100周年大会上指出："一百年前，中国共产党的先驱们创建了中国共产党，形成了坚持真理、坚守理想，践行初心、担当使命，不怕牺牲、英勇斗争，对党忠诚、不负人民的伟大建党精神，这是中国共产党的精神之源。一百年来，中国共产党弘扬伟大建党精神，在长期奋斗中构建起中国共产党人的精神谱系，锤炼出鲜明的政治品格……"这些精神包括井冈山精神、长征精神、遵义会议精神、延安精神、抗战精神、西柏坡精神、抗美援朝精神、"两弹一星"精神、改革开放精神、抗洪精神、抗震救灾精神、脱贫攻坚精神、抗疫精神等伟大精神。为了与广大读者一道更加深刻地理解、感悟并弘扬这些伟大精神，我们编选了"读者丛书（2022）"作为这套丛书的第6辑。丛书以"建党精神""脱贫攻坚精神""抗疫精神""'三牛'精神""科学家精神""企业家精神""探月精神""新时代北斗精神""丝路精神""改革开放精神"为主题，从以《读者》为代表的各类报刊、图书、网站等渠道精选了600多篇精美文章汇编成书，所选文章以生动鲜活的事例印证、诠释了这些伟大精神的深刻内涵和永恒魅力，激励我们永远斗志昂扬、奋发向上。

比之往年，今年的"读者丛书"有了几点变化：一是以出版年份作为新一辑丛书的标记；二是为了满足不同读者的阅读需求，我们还增加了两个小套系：一套精选了近180篇适合中学生阅读并且有助于他们正确处理与同学、老师和家长关系的文章汇编成3册，这些文章通过一个个生动有趣的小故事阐述了深刻的人生道理，能让读者在轻松有趣的阅读氛围中享受成长的快乐；另一套则以"家庭家教家风"为主题，分别精选相关美文编辑成3册，希望我们能继承中华优秀传统，建设文明家庭，传承良好家教，树立纯正家风，营造出更加和谐文明的社会风气。

与往年一样，"读者丛书（2022）"的策划、编辑、出版得到了中共甘肃省委宣传部、甘肃省新闻出版局以及读者出版集团、读者杂志社等各方的指导和帮助，在此深表谢意！与此同时，丛书的编选也得到了绝大多数作者的理解和支持，他们对作品的授权选编和对丛书的一致认可解除了我们的后顾之忧，对此我们表示诚挚的谢意！虽然我们尽力想把工作做得更细致、更扎实，但因为种种原因依然未能联系到部分作者，对此我们深表歉意，也请这些作者见到图书后与我们联系。我们的联系方式是：甘肃人民出版社（甘肃省兰州市曹家巷1号新闻出版大厦14楼，730030，联系人：马元晖，15609381110）。

"江山无限好，祖国万年春。"编辑出版"读者丛书2022"，我们希望与广大读者一起继承和弘扬这些伟大精神，把伟大祖国建设得更加美好。

读者丛书编辑组

2022年8月